逐夏 下

木瓜黃 著
芊筆芯 繪

目錄
CONTENTS

第十九章　藏著的喜歡

作為大學生，林折夏明顯感覺到一種難言的不同。

很奇怪，明明兩三個月前，她還在高中教室裡埋頭寫題。眨眼間，她也離開了南巷街，人生進入一段新的旅程。

開在學校附近的酒吧有很多規定，不允許搞得太烏煙瘴氣，所以比起外面的「酒吧」，這裡看起來更像個吃飯聊天的地方。

沒有那麼濃重的酒吧氣氛，裝潢布置也很簡單乾淨。

她們六個人找了一張桌子，點了些小吃。

過七點後，外面天色暗下來，店裡的燈光亮了起來。

有人在臺上彈吉他。

林折夏不太適應這種環境，默默低頭啃雞翅，聽她們聊天。

放在桌邊的手機螢幕亮了下。

遲某：『現在呢？』

林折夏擦擦手回覆：『什麼現在呢？』

遲某：『現在還在寢室嗎？』

林折夏：『不在了。』

她抬起頭，不知道該不該告訴遲曜自己來酒吧了。

最後想了想，還是打算實話實說：『我現在在一個很神祕的地方。』

遲某：『？』

林折夏：『學校後街的小酒吧。』

林折夏：『怎麼樣，酷不酷。』

她回完遲曜的訊息之後不再看手機，專心啃雞翅，過了一下，藍小雪聊到八卦：「對了，妳們知道嗎，我們學校，有個新生。」

「剛入學，全年級超過一半的女生都在暗暗打探他是誰。」

秦蕾覺得這不太現實：「……那得長什麼樣啊，還超過一半，妳別聽這種亂七八糟的謠言，說不定又是誰閒著無聊亂編的。」

藍小雪：「不是瞎編，我朋友親眼見到的。用她的原話，就是人群裡一眼——就那麼一眼，一眼淪陷，那帥哥在新生名單那看名字，帥得人神共憤，她說她當時就在想自己上輩子祖墳冒青煙了才能考進漣雲大學和這種人當同屆同學。」

秦蕾：「……誇張了哈。」

藍小雪：「妳別不信，我跟妳打賭，他今天必上學校論壇。」

藍小雪說完，又轉頭問林折夏，急需找到認同：「妳也不信我嗎？」

林折夏啃雞翅的手一頓：「……呃。」

藍小雪：「算了！妳們沒有一個人信我！！！」

林折夏雖然不相信。

但是她不可避免地想到了某個人。

某個高一開學，曾經在城安「大殺四方」的人。

藍小雪坐著聽了一下歌，覺得剛才沒發揮好，又緊急聯絡了朋友，趕緊上學校論壇用關鍵字搜尋：「不行，我還是要找給妳們看，我覺得不需要等到明天，現在說不定就有。我搜搜『大一』，『新生』和『帥哥』試試。」

秦蕾勸她：「算了吧妳，別折騰了。」

林折夏坐在旁邊全程看熱鬧。

她吃完東西之後，安安靜靜在座位上坐著。

中途手機亮了一下，但她沒有察覺到。

在藍小雪喊著「我好像找到了」的時候，林折夏起身說：「我去一下洗手間。」

這個時間，酒吧裡光線越來越暗了。

她穿過餐桌走道，往前有一些單人單座的位子，還有一些人站著聚在一起在聽歌，她一時間沒能找到方向，正要攔下人問路，冷不防地，她在層層疊疊的人群裡，看到有一個人推門進來。

她先看到的是門外那人搭在門把上的手，很奇怪，只是一隻手而已，雖然這隻手長得好看了點，但她心跳還是莫名漏了一拍，像小說裡寫的那樣，自己都不知道為什麼，多看了一眼。

接著，那扇門「嘎吱」一聲被推開，那人走進昏暗的、五光十色的光線裡。

個子很高，腿長得過分。

正值盛夏，少年穿了一件簡單的黑色T恤，少年人獨有的青澀感在他身上稍微褪去了些，但整個人還是異常清瘦。

他長了一張很招搖的臉，眉眼被光線勾勒得更深，燈光映在淺色瞳孔裡，冷淡且肆意。

酒吧昏暗的光線落在少年右耳那枚銀色耳釘上，林折夏在虛實交雜的光線之間，幾乎以為自己現在是在做夢。

片刻眩暈後，她看到遲曜越過其他人，向她走進了些，在忽然間亮起的燈光下，他垂下眼看她，喊了她一聲：「膽小鬼。」

林折夏還是分不清現實和虛幻。

因為，膽小鬼這個詞，上次聽見，已經是很久之前了。

短短幾秒間的對視，好像過去很長時間。

臺上的吉他手一曲彈完，整個酒吧有一瞬間寂靜。

林折夏透過這一瞬寂靜，才找回自己的聲音：「……你怎麼會在這裡？」

下一秒，她意識到一個不可能的理由。

「你報的是漣大？」她問，「你不是應該去京大嗎……」

遲曜一句話打斷她：「我什麼時候說過我要去京大？」

「……」

他是沒有說過。

林折夏想起來，她根本就不敢問。

所以他為什麼會報漣大？

林折夏想問他考的是什麼科系，京大的物理系明明是最出名的。

但她還沒來得及問，舞臺上新上去了一組樂隊，震耳欲聾的搖滾樂立刻響徹在酒吧裡——

她被突如其來的搖滾樂狠狠震了一下。

遲曜走到她面前，怕她聽不清自己說話，於是俯下身，說話時下巴湊到她頸側，幾乎是貼在她耳邊說：「妳座位在哪？」

「後面，」林折夏指了指，「不過我要去洗手間一趟。」

遲曜指了一下洗手間標識給她，她「哦」了一聲，夢遊一樣走過去。

幾分鐘後，等她對著鏡子洗手，她才慢慢梳理清楚剛才的情況。

她回想到下午遲曜傳給她的那句「妳到哪了」。

所以那個時候，他也在漣大參加新生報到？

林折夏洗完手出去，遲曜正在走廊上等她。

少年倚著牆，骨節分明的指尖居然夾著一根菸，他夾著菸低下頭抽了一口，然後抖了下菸灰。剛才光線太暗，她沒有看清，其實一年多不見，遲曜身上還是發生了一些變化。原先那副整個人外露的鋒芒，現在有點沉了下來，他給人的感覺還是很倨傲，只是如今那份倨傲裡參雜了點她看不懂的深沉。

遲曜似乎沒想到她出來的速度會那麼快，愣了下，然後立刻把菸掐滅。

林折夏走到他面前，聞到空氣裡還未消散的菸味：「你什麼時候開始抽菸的？」

遲曜捏了下乾燥的食指骨節，他在林折夏面前難得有這種被抓包的感覺：「半年前吧。」

「為什麼，」她又問，「為什麼會開始抽菸？」

遲曜也沒有瞞她，他沉默了下說：「半年前我媽術後病情突然加重，我爸那邊的事情也沒解決。每天從學校出來，就要去醫院守著她，而且她精神狀況有一陣子很不好。」

這些話，他在網路上聊天的時候怕她擔心從來沒和她說過。

「那段時間我晚上守在病房，睡眠不太好。」

他只說了一半，剩下的話他沒說。

他沒說的是那段時間他和林折夏都很忙，聯絡減少，晚上睡不著的時候他坐在醫院走廊上，點開置頂，翻看兩人內容越來越少的聊天紀錄，想找她說話，又怕打擾她念書。

而且這些事情說出來除了讓她跟著一起擔心以外，毫無作用。

然後有一天，他去樓下便利商店買東西，順手買了一包菸。

他迎著乍亮的天光，坐在醫院附近的長椅上，抽了第一口菸，吸進去那口嗆人的菸草味。

林折夏半天沒有說話。

比起生氣，她更多的其實是心疼和難過。

在意外見面之前，她以為她和遲曜這一年間的空白，帶來的會是沉默。

見面之後，她發現橫在兩個人面前的，不是沉默，而是真真切切的一段對方沒有辦法參與的經歷，而且她和遲曜在這段經歷裡，有些部分已經發生了細微的變化。

那段時間想也知道，是很難熬的。

所以林折夏沒有立場去指責他這樣的行為如何如何。

她最後問出了一個剛才就想問的問題：「你怎麼會來漣大？你報什麼科系啊，京大的物理系明明更好。」

她說完，對於這件事情而言，她是真的開始有點生氣，而且她想到當初遲曜沒有去一中的事情，當時她猜測遲曜是不想離家太遠，這次她也找不到其他理由，只能歸結成他大概是不想留在京市：「就算你覺得在漣雲生活了那麼久，不適應京市的環境，想考回來，也要好好考慮一下吧，志願是很重要的，比環境重要多了，上學的時候老師都強調過志願對之後的影響，而且你不是很喜歡物理嗎，你——」

林折夏「你」到這裡，你不下去。

她不擅長爭辯，最後憋出一句：「你這樣，叔叔阿姨沒有阻止你？」

「我考個全國最頂尖的科系，」遲曜看著她，因為她剛才的生氣，心情倒是變得好了幾分，他輕扯下嘴角說：「他們為什麼要阻止我？」

「……啊？」

「妳腦袋裡裝的都是什麼。」

遲曜抬手，像以前那樣，一如既往地輕輕按在她頭頂上，「妳以為物理就只有那幾樣嗎。我並不想走研究方向，漣大系統工程與科學系不比京大差，內容方向靈活一點。」

興趣是興趣，涉及科系，要考慮的問題就不再那麼簡單。

更何況這一年他看著遲寒山奔波，才提前意識到自己的肩上，也是背著擔子的。

他和遲寒山商量過。

遲寒山當時對他說：「你不用考慮那麼多，報個自己喜歡的就行。」

遲曜說：「這個科系我沒有不喜歡。」

半晌，他又說：「而且……有個很重要的朋友也在漣雲。」

父子之間總是不善言辭，遲寒山最後去詢問了一下班導師，只說：「喜歡就好，喜歡就好。我也問過你們班老師了，說漣大這個科系挺不錯的，而且還有個很出名的教授在那個科系任教，你從小待在漣雲市，確實更適應那邊一些，我和你媽也不是非要把你綁在京市，你自己選擇就行。」

「……」

林折夏愣了。

她一個努力拚命到最後，在漣大這種整個漣雲市最好的大學裡其實沒有太多科系選擇權的人，沒想過今天這種情況。

原來她之前一直莫名其妙鑽了牛角尖，因為兩人之間隔著越來越遠的距離，不敢去問，就默認遲曜會考京大。

現在想來，當時她只顧著難過，沒有太在意魏平的那句安慰：漣大很多科系比京大還好。

「所以，」她這個時候才抓到某種和遲曜重新見面的真實感，喜悅的心情一點點在心底綻開，「我那時候跟你講電話，你跟我說讓我報漣大，是因為你也要報漣大嗎？」

「不然呢？」

「……」

外面舞臺上的搖滾樂又停了，進入一段短暫的中場休息時間。

林折夏：「如果是你的話，也是很有可能，想嘲諷羞辱並告訴我不要高攀京大。」

遲曜像以前一樣，涼涼地「哦」了一聲：「也不是沒有這層原因。」

「……」

明明才剛見面，她怎麼就又想揍他了。

但不可否認的，曾經那種熟悉的感覺在一點點重新回來。

林折夏：「我暫時不想和你說話了。」

遲曜也不介意：「走吧，我跟妳一起過去。」

林折夏帶著他回到室友那桌。

在越過圍繞在舞臺旁邊的人群時，遲曜怕她被人群沖散，把手搭在了她肩上。

然後在走回那桌的間隙裡，她聽見遲曜的聲音混在其他雜亂的聲音裡，對她說：「膽小鬼，這一年妳做得還不錯。」

林折夏腳步一頓。

她知道遲曜這是在說，她這一年課業成績提高很多的事情。

她為了追上他做的努力沒有白費。

林折夏還沒來得及翹尾巴，他又在身後補了一句：「本來還以為，我在漣大，妳會在旁邊的漣大技術學院。」

「……」

林折夏的尾巴翹不起來了：「你侮辱我，滩大技術學院，我就是閉著眼睛都能考上。你非得貶低我，起碼也挑個何陽的學校說吧。」

遲曜沒說話。

他迎著五光十色的燈光去看她，面前的女孩子似乎比高中時長高了些，頭髮也更長了，沒有像高中時候那樣綁起來，而是披著。

他看著她的時候想，他剛才這番話，說的其實不只是高三這一年，還有國三那一年。

國三那年他雖然想留在城安區，離她近點，報了城安二中，但他其實沒想過林折夏會超常發揮考進二中，他本來以為她大概會和何陽一樣，考去附近其他學校。

當時他的打算是，就算她去附近學校也沒事，每天還是可以陪她一起上下學。

但沒想到的，林折夏很爭氣，擠進了二中。

林折夏帶著遲曜回去的時候，一路上還在想等等要怎麼和她那群剛認識的室友介紹他。

是這樣的，跟大家隆重介紹一下，這是我一位多年的好兄弟？

她走到餐桌旁邊，還沒開始介紹，藍小雪她們聚在一起看手機，正在高談闊論：

「——我說什麼，這張臉，抓拍都能拍成這樣，本人還不得——」

藍小雪的話戛然而止。

因為她意外抬起了頭，看到了林折夏和她身後的那個人。

藍小雪：「……」

半晌，藍小雪像在和林折夏對暗號似地問：「姓遲？」

林折夏：「啊？」

藍小雪指指她身後，繼續問：「遲曜？」

林折夏：「啊。」

「我們學校那個門檻巨高一般人進不去的科系的那個，遲曜？」

藍小雪說著，自己已經確認了，她把剛才中斷的話說完，「——本人果然比照片更誇張。」

林折夏有點沒搞懂情況：「妳們認識他？」

藍小雪：「這話應該我們問妳。」她放下手機，五個人的視線齊齊像聚光燈一樣朝他們看去。

林折夏反應慢半拍，等她想明白發生了什麼事之前，遲曜先她一步，做了介紹：「我是她……」

遲曜說到這裡，尾音拖長了一點，頓了半拍。

在這半拍裡，林折夏腦海裡閃過好幾種稱呼。

好兄弟。

青梅竹馬。

從小一起長大的人。

半拍之後，遲曜淡淡地吐出兩個字：「……哥哥。」

「……？？？」

林折夏瞪大眼睛。

這個人，還要不要臉了？

這兩個人明顯不是同個姓，卻說是「哥哥」，還是以這種有點「曖昧」的方式。

藍小雪和其他室友也拖長聲音「哦」了很長一聲：「懂的懂的。」

「不是，」林折夏匆忙解釋，「他不是我哥哥，他是我青梅竹馬，我們認識……」認識好多年了。

但已經沒人聽她說話。

剛開學就風靡全校的人突然出現在面前，滿足了這幾位室友極強的八卦欲。

更別提這個人出現的方式還非常有衝擊力，在她們圍在一起看文章的時候，猛然間抬頭就看到了真人。

藍小雪把位子讓出來：「請坐，你坐折夏旁邊吧，我坐對面。」

落座後，所有人對著遲曜這張在酒吧燈光下過分耀眼的臉，失語片刻。

片刻後，藍小雪做採訪似地問：「聽說今天很多人都在打探你的聯絡方式，是真的嗎，你今天加了幾個好友？」

遲曜說：「沒開驗證，不清楚。」

藍小雪：「……強者的世界。」

後半場林折夏好像成了那個被遲曜帶過來的，她坐在遲曜旁邊，聽他們聊天，而且遲曜真的像她「哥哥」一樣，在她躍躍欲試想喝酒的時候，掃了她一眼。

之後他提前去結了帳，回來還破天荒加了她室友的聯絡方式，走之前難得人模人樣地說了句：「之後麻煩妳們多照顧她。」

結束後藍小雪她們還想去學校附近轉轉，於是先走了。

她們走後，就剩下林折夏和遲曜兩個人。

藍小雪走後傳了幾則訊息給她。

『我萬萬沒想到我八卦的人今天會突然出現。』

『替妳和妳哥哥創造二人世界。』

『不用謝。』

林折夏想說「不是妳想的那樣」，但最後沒傳出去。

她覺得大概是解釋不清了。

兩人從酒吧出來之後，沿著掛著燈帶的路往女生宿舍走。

遲曜問她：「喝酒了嗎？」

離開被喧囂和黑暗包圍的酒吧後，林折夏盯著路上兩個人的倒影，開始有點不自在：

「我一碰酒杯，你那眼睛就快成刀子了，我還怎麼喝。」

「我來之前呢？」

「也沒有。」

「那妳在酒吧裡坐著幹什麼？」

「……啃雞翅。」

「……」

「對了，」林折夏怕話題結束，兩人又會陷入沉默，趕緊找個新話題說：「何陽這次又是我們的精神校友，他和你說了嗎，他在隔壁師範學校。」

「提過一句。」

林折夏說：「沒想到，我們離開南巷街之後，還能離那麼近。」

林折夏：「對了，你今天自己過來的嗎，怎麼不提前跟我說。」

遲曜：「想給妳個驚喜。」

說著，他又用那種不冷不熱的語氣說了句，「是不是挺意外的。」

這句話好像有某種穿越時空的魔力。

林折夏一下回到國中升學考後的那個暑假，她拿著鑰匙打開遲曜家的門。

於是她慢吞吞地，按照當時的情境接下他的話：「……你爹又回來了？」

「……」

說話間，就快要走到女生宿舍大樓門口。

林折夏對他說完「再見」，突然想起來一件事。

於是她又跑回到遲曜面前，仰起頭看他，認認真真地說：「你以後不要抽菸了，抽菸對身體不好。」

遲曜放低目光，看向她。

「你要是睡不著的話，」林折夏又說：「晚上可以打電話給我，或者跟我傳訊息，但是不要再抽菸了。」

半晌，遲曜從喉嚨裡應了一聲。

然後這個長了一張傲氣十足的臉的人，居然「順從」地問：「要沒收嗎？」

林折夏反問：「……我可以沒收嗎？」

遲曜：「可以，菸在左邊口袋裡，自己拿。」

遲曜今天沒穿外套，所以口袋就只有……褲子口袋。

林折夏有點猶豫，但是不想他繼續抽菸的心最後還是戰勝了那份猶豫。

她小心翼翼地，伸手去拿他口袋裡那盒菸。

口袋很緊，她越怕碰到，指尖的感受就越明顯。

最後在她想放棄之前，她終於紅著耳朵把那盒菸抽了出來。

遲曜提醒她：「還有打火機。」

「……」

林折夏沒收了他的菸和打火機之後，有點慌亂地對他擺擺手，往女生宿舍跑：「我回寢室了。」

她回寢室的時候，藍小雪她們還沒回來。

空蕩蕩的寢室只有她一個人。

她倚著門板，盡力平息剛才那份慌張的情緒。

過去一年多了。

唯一不變的，原來是對他的心跳。

等林折夏洗漱完，藍小雪她們才逛完校區回來。

那群室友推開門時，林折夏換了睡衣，正坐在床上，和林荷打電話。

她先跟林荷報備了新學校的情況。

林荷在電話那頭說：『行，自己在外面注意安全，妳一個人在漣大，我和妳魏叔叔容易擔心。』

林折夏說：「媽。」

林荷：『嗯？』

「我不是一個人在漣大。」

她頓了頓，又說：「遲曜也在。」

林荷也很驚訝：『他也報漣大？』

林折夏「嗯」了一聲。

林荷：『這還真沒聽他說，他搬走之後，沒怎麼聯絡了，怪我，妳說我考前怎麼忘了去關心關心他。什麼科系呀，他的成績，上的科系肯定是最好的吧，妳下次見面替媽恭喜他一下。』

林折夏心說不光是妳，她也不敢問：「是我們學校最厲害的那個科系。」

聊到這裡，她最後說了句：「我室友們回來了，我先掛了。」

掛斷電話後，她發現藍小雪她們整整齊齊在她對面坐了一排，像要審她一樣。

林折夏有點緊張：「……妳們逛完啦，附近好玩嗎？」

藍小雪打斷：「不要迴避話題。」

林折夏：「……」

藍小雪：「妳男朋友的故事，講講。」

不是。

她們對遲曜的稱呼怎麼越來越奇怪了？？？

前一小時還是哥哥。

哥哥這個稱呼她已經很不能接受，現在更是一躍變成了「男朋友」。

林折夏忙著否認，耳尖通紅：「不是，他不是我男朋友，剛才在酒吧裡也是他亂說的，我和他就是從小一起長大的好朋友。」

藍小雪根本不信，她調出剛剛添加的聯絡人，點開那個貓貓頭頭貼，放到她面前：「先不說他當眾說自己是妳哥哥的事，妳看這個頭貼，妳能想到什麼？」

林折夏：「……我能想到這是一個頭貼。」

「……」

藍小雪無語，提點她：「今天全校多少人想加他，一個都沒加上，唯獨因為我們是妳室友，所以加了我們。」

在林折夏的極力否認下，藍小雪她們沒有再繼續盤問她。

加上再過一下寢室就要熄燈斷電了，所以她們忙著輪流洗漱。

十點整，寢室熄燈斷電。

林折夏躺在陌生的床位上，才真切感覺到周圍已經是一片陌生環境。

她、遲曜、何陽，他們三個人已經長大，一起走出了從小生活的南巷街。

他們不會再像以前那樣，背著書包從家裡急急忙忙跑出去，然後叫上三兩青梅竹馬，大家從南巷街街牌處出發，往學校走。

而是迎來了一個嶄新的世界。

一個告別了南巷街，也逐漸告別青春時代的世界。

林折夏睡前猶豫著要不要找遲曜聊天。

她手指剛點上那個遲曜用了很多年的貓貓頭頭貼，腦子裡就不由地冒出剛才藍小雪的話。

肯定不是那樣的。

林折夏不敢有任何期待。

反正，肯定不是她們想的那樣。

遲曜平時就不擅長做人。而且，她現在在大學，他象徵性加一下她的室友，到時候萬一有什麼事要找她找不到，有室友在會更好聯絡一些，所以加一下好友也很正常吧。

畢竟在漣大，目前也只有他跟她互相照應了。

就在她猶豫的時候，聊天畫面裡多了則新訊息。

遲曜主動傳訊息過來。

聊天畫面裡只有很簡單的三個字。

『睡不著。』

這很不像遲曜會說的話。

因為「睡不著」這三個字，怎麼看都有點像在故意示弱。

林折夏回覆：『你昨晚幾點睡的？』

遲某：『三點多吧。』

林折夏：『……』

這麼晚。

林折夏縮在被子裡斟酌著打字：『你在床上躺一下，閉上眼，可能過一下就睡著了。』

遲曜回過來的是一個問號。

遲某：『？』

問號過後，他又傳：『如果我沒記錯的話，有個人走之前收了我的菸。』

『這個人，收完就不打算管了。』

「……」

林折夏被他這種指責的方式弄得臉有點燙。

她慢吞吞打字：『可是打電話的話我室友都已經睡了……』

隔兩秒，她把這段話刪掉。

她最後傳出去一句：『那打電話吧，但是我室友睡了，我不能說話，只能打字。』

幾乎就在她傳出去的瞬間，對面撥過來一通語音電話。

林折夏找了下耳機，塞進耳朵裡，然後屏住呼吸按下接通。

遲曜那邊倒是很吵，男生寢室，熄燈之後也有很多別的娛樂活動，聽嘈雜的背景音，好像在打遊戲，有人喊「先別開大招」。

林折夏聽見他的聲音從電話另一頭傳過來：『睡了？』

林折夏打字回應：『嗯。』

『那妳睡，』他說：『電話掛著放旁邊就行。』

林折夏：『我還不是很睏。』

她又打字和他聊天：『你們寢室幾個人啊？』

『四個。』

林折夏：『這麼少。』

『嗯。』

林折夏想到他都加自己的室友了，於是也打算禮尚往來：『我……也加一下他們好友吧，萬一之後有什麼事聯絡不上你，可以找他們。』

她以為遲曜肯定不會拒絕的，但沒想到的是，遲曜想都沒想說了句：『他們沒手機。』

林折夏：『…………』

『貧困生，』遲曜說：『理解一下。』

她是傻子嗎。

她都聽見有人在喊「你大招為什麼放慢了」，還有人喊「中路清一下線」。

林折夏無語，她狠狠敲螢幕：『我不想和你講電話了。』

『有點費電。』

『要不然我們就這樣吧，我掛了。』

遲曜那邊窸窸窣窣了一陣，有拉開門的聲音，緊接著她聽見一絲微弱的蟬鳴，意識到遲曜應該是去寢室陽臺了。

然後她聽見一句：『行，那菸還我。』

「……」

林折夏只能忍辱負重。

她很沒骨氣地，把剛才打的幾句話一句句收回。

『您收回了一則訊息。』

『您收回了一則訊息。』

『您收回了一則訊息。』

收回結束後，她重新組織語言：『我覺得和你講電話，也挺好的，今天晚上誰都不准掛。』

遲曜在電話那頭，發出了一聲熟悉的輕嗤。

就在這時，藍小雪輕輕叫她：「夏夏。」

林折夏從被子裡鑽出來：「嗯？」

藍小雪不知道她在打電話，純粹想和她分享情報：「我剛剛看學校表白牆，看到妳了，我傳給妳，好像是一個和妳同系同班的男生，在新生報到的時候遇到妳，在打聽妳是誰。」

「……」

林折夏愣了下，先是感到尷尬：「不用傳給我了吧。」

藍小雪：「我都已經傳過去了，沒事，妳隨便看看唄。」

寢室裡再次安靜下來。

後知後覺地，林折夏意識到她和遲曜還在通話中。

不知道遲曜有沒有聽見。

這種女生夜話，被男生聽到多少有點不好意思。

她靜靜地聽電話那頭，發現遲曜沒有說話，等了一下，她猜測，他應該沒聽見吧。

不然這個人肯定會找到機會嘲諷一下她的。

安靜了一下，林折夏有點睏了，意識越來越模糊，傳過去的訊息都開始有錯別字。遲曜似乎是察覺到這個，沒再繼續和她聊天，到最後，兩人就只透過聽筒去聽對方清淺的呼吸聲。

又過了一下，林折夏聽見一句「晚安」。

她在遲曜那聲晚安裡，沉沉睡去。

在意識徹底消失之前，她迷迷糊糊地想，她和遲曜之間好像有什麼東西不一樣了。

上大學之後，遲曜對她的態度，似乎和高中的時候不同，有了她說不清道不明的微妙差別。

但她作為當事人，很難看清楚這個差別到底是什麼。

另一邊，男生寢室裡。

遲曜在陽臺上站了一下，確認林折夏睡著後，在拉開陽臺門進寢室之前悄悄掛斷了電話。

比起他「睡不著」這個問題，這通電話的真正目的，其實是他擔心林折夏會不適應新環境。

畢竟第一次離家，她晚上睡覺很可能會不習慣。

他走回寢室，寢室裡聲音很吵，這幫人一邊打遊戲一邊詢問：「——你們有沒有什麼認識的女生，可以加一下的那種，高中的時候規矩太多，現在大學了，我覺得大學的學習，不光指知識上的學習，為人處世方面的學習也很重要。」

另一個人說：「你想談戀愛就直說，倒也不用升高到『為人處世』的角度。」

「……」

幾人聊到這裡，見遲曜出來了，於是有人把話題往他身上引：「要聯絡方式還不簡單，這不就有一個，只要他願意，大概能把全校女生加個遍，然後你在他聯絡人裡慢慢挑。」

遲曜沒說話，只是掃了他們一眼，相處不到半天，這幾位室友也差不多摸清了他的脾氣，於是立刻轉變思緒：「或者這樣吧，你把你通訊軟體ＩＤ掛出去，說自己是遲曜的室友，也會有很多人蜂擁而至的。」

「人來了就是機會，管她一開始衝著誰來呢，敵人都能化為朋友，沒有什麼是不可能的。」

寢室裡一片漆黑。

遲曜沒有參與討論，直接越過他們，坐在床邊的椅子上回其他人訊息。

遲寒山，白琴，徐庭，還有……

遲曜把聯絡人往下拉，才看到被訊息淹沒的何陽。

何陽的訊息幾個月沒人理會。

何陽：『兄弟。』

何陽：『報志願了，我考漣雲師範，你打算填哪？』

何陽：『你是留京市還是回漣雲啊？』

何陽：『……』

何陽：『你還活著嗎？』

遲曜回給他兩個字：『漣大。』

何陽回覆得很快，他回過來很長一串刪節號：『…………………』

然後他反手甩過來一通電話。

『你還記得我呢，』何陽在電話那頭控訴，『我還以為我已經變成你聯絡人裡的屍體了，不是你死了，就是我死了。』

遲曜說：「前段時間太忙，沒看到。」

何陽非要上趕著扎自己一刀：『我夏哥的訊息你也沒看到嗎？』

「……」

『她的訊息你就回！』多年兄弟，何陽從遲曜短暫的沉默裡得到了答案，心說就算你喜歡她也不能這麼區別對待，『我的訊息就不是訊息！』

遲曜轉移話題：「明天找你吃飯。」

何陽立刻順竿往上爬：『人家要吃很貴的那種。』

遲曜額角抽了一下：「行。」

夜深了。

遲曜菸癮上來，下意識想去陽臺抽根菸，等他再回到陽臺上，慢半拍才反應過來菸已經主動上交了。

於是他捏了下骨節，壓下菸癮，忽然說：「問你件事。」

——我剛剛看學校表白牆，看到妳了。

剛在通話裡，林折夏室友隨口說的話浮現上來。

某個深藏於心的念頭也跟著一併泛起，比菸癮更難耐，因為藏了太久，也藏得太深，後面的話對他來說並不那麼容易說出口，他艱難地說：「……你覺得林折夏，會喜歡什麼樣的人？」

何陽也在寢室陽臺上吹風，他想：我是裝不知道呢，還是裝不知道呢？

他真的很後悔。

後悔遲曜走的那天，為什麼要推開那扇門。

何陽在腦子裡過了一遍各種回答，最後挑了個看起來最像「不知道」的：『不清楚，她又沒談過戀愛，我怎麼知道，不過你怎麼突然問這個？』

為什麼。

遲曜倚著陽臺圍欄問自己。

他聽著從其他寢室窗戶那傳出來的各種聲音，心說原因有很多。

他和林折夏都不再是不成熟且受約束的高中生了。

他們從束縛和學業的壓力裡走出來，擁有可以面對更多人生課題的權利。以後要學習的，不只學業，還有很多其他東西。

但比起這個原因。

更重要的原因還是因為這一年多的分別。

在遲寒山出事，他和林折夏分別之前，他以為藏著那份喜歡，他和林折夏之間的關係就不會出錯，不會出差池，不會因為他的「喜歡」而發生變化。

更不會因為他越線，而失去她。

但事實卻是，儘管他盡力和林折夏維持這份關係，他們也不能夠像兒時那樣一直走下去。

他和林折夏之間，原來隨時都有可能展開一段各自不同的人生。

原來哪怕是再親密無間的關係。命運的齒輪只要隨便往前走一步，他們就會立刻發生無法預料也無法掌控的變化。

他不想再經歷一次這樣的變化了。

他想在命運下一次無端變化的時候，有能夠繼續站在她身邊的立場和資格。

「所以……」遲曜沒跟何陽多說，掛斷電話後，垂下眼，低聲自言自語地說：「我追一下她，也沒什麼吧。」

林折夏第一天正式上課。

她的科系大一上的都是大課，在階梯教室兩三個班級合併在一起上。

她們寢室裡雖然人多，但是沒人和她同系。

所以她和遲曜約了一起在學生餐廳吃完早餐之後，帶著課本去階梯教室。

她找了塊人少的區域坐下，在翻開課本等待老師進班的時候想到剛才和遲曜吃早餐的事。

今早吃早餐的時候感受很奇妙。

他們第一次以大學生的身分，在擠滿了人的學校學生餐廳裡，面對面吃飯。

林折夏還是要了一籠小籠包，遲曜也點了一份，但他其實不怎麼吃，林折夏吃完之後習慣性地又去偷他的。

經過昨天，兩個人之間因為分別帶來的陌生感少了很多。

她一邊偷，一邊觀察他的臉色：「你都不生氣嗎。」

遲曜今天上午沒課，不緊不慢地說：「生氣什麼。」

「我在偷你東西吃，你以前都會罵我的。」

「……」

遲曜已經吃得差不多了，他往後靠了下，無視周圍那些暗暗打量的目光，說：「怎麼，我不罵妳，妳難受？」

「……」林折夏把嘴裡的話嚥下去，「我沒有這個意思。」

她又說：「我又不是神經病，喜歡找罵。」

遲曜也沒再多說。

他在等她吃飯的同時，不動聲色地把那份小籠包往她那邊推。

林折夏盯著課本想，遲曜是真的有點變化。

但是為什麼呢。

曾經那麼喜歡當狗的人，居然開始做人了。

她百思不得其解。

最後她想，難道，是一年多的磨難，讓他成長了。

林折夏正在胡思亂想著，有道人影從餘光裡經過，然後她左邊的空位動了下，有個男生坐在了她旁邊。

林折夏轉頭看了對方一眼，發現是一個戴眼鏡的，長相挺斯文清秀的男孩子。

那男生見她看過來，主動打招呼：「林同學妳好。」

「……」

「你好，」林折夏說完反應過來不對，「你怎麼知道我姓林？」

那男生沒有直面回答：「我就是知道。」

接下來他很自來熟地向她做自我介紹：「我叫方槐，很高興認識妳。」

林折夏不適應這種上來就很熱情的人，默默思考現在換位子的可能性，但是她在班裡也不認識其他人，而且這男生也沒說什麼奇怪的話，突然換位子會讓兩個人都很尷尬。

於是她點點頭表示知道了，埋下頭繼續看書。

第一節課老師來得很慢。

上課五分鐘了，人還沒到。

方槐打趣說：「可能是校區太大，所以晚了。」

林折夏還是不知道說什麼，方槐察覺出她的緊張，笑了下：「妳不用害怕，我和妳同班，昨天新生報到的時候我就排在妳後面，不小心看到了妳的名字和科系。」

林折夏：「哦。」

原來是這樣。

林折夏想到昨晚藍小雪說的表白牆，懷疑可能是同一個人。

在老師進教室之前，方槐也緊張地遲疑了一下，還是主動把話問出口：「……我們都是同個班的，能加個好友嗎？我平時不會打擾妳，就是想加一下同學的聯絡方式，之後可以交流一下課業上的問題。」

林折夏不太想加。

昨晚和遲曜打電話，留下的印象太深，導致她下意識脫口而出一句：「我沒有手機。」

「我是貧困生。」

「……」

「這部手機，是我好朋友借給我用的。」

「………」

她說完，方槐和她一起沉默了。

死一樣的寂靜。

林折夏安慰自己，反正本來就已經很尷尬了，就讓尷尬來得再猛烈一點吧。

最後方槐失笑，打了圓場：「沒事。妳很幽默。」

老師正好進班，打斷了班裡人互相交談的聲音：「不好意思，老師的自行車在路上壞了，只能徒步跨越兩個校區……」

誰都沒想到會是這個理由。

全班頓時哄堂大笑。

也正是這種輕鬆的氣氛，讓人意識到大學和高中的不同。

林折夏低下頭，偷偷去戳遲曜的頭貼發洩尷尬。

她傳過去一組暴打貼圖。

遲某：『？』

林折夏：『沒什麼。』

林折夏：『我就是拳頭有點癢，隨便揍你一下。』

要是以前，遲曜肯定會反諷她幾句。

但兩個人分別再重新見面之後，遲曜對待她的態度不再像以前一樣，反而回過來一句：『哦，打夠沒有，還要再多揍幾下嗎。』

林折夏：『……』

這種反應倒讓她不知道怎麼接。

過了一下，遲曜又傳來四個字，提醒她：『認真上課。』

還沒正式上課，林折夏忍不住像以前一樣和他分享：『還沒開始上課呢，而且我們老師遲到了，原因你肯定想不到，他居然因為自行車遲到。』

『感覺他是個搞笑達人。』

『原來大學的課是這樣的啊，感覺比高中的時候輕鬆很多，以前上課，老徐總是很嚴厲。』

她越說越有傾訴欲，最後沒想太多，把方槐的事情也和他分享了。

『哦對了，我旁邊坐了一個很奇怪的男生，我有點尷尬。』

『等下節課，我要找個藉口換位子。』

『我決定告訴他，這個位子的風水可能不太好，會影響我念書。』

傳完，她收起手機，開始認真聽課。

上午的課時間很長，兩節大課湊在一起上，中間有二十分鐘的休息時間。

這二十分鐘裡，正準備對方槐說「這位子風水不好」的林折夏收到寢室群組的訊息。

藍小雪：『我筆沒墨水了嗚嗚嗚。』

藍小雪：『我在A08，誰離我比較近的，救助一下我吧。』

林折夏的班級在A12，離得很近。同教學大樓不同樓層。

她回覆：『我過去吧。』

藍小雪：『謝謝謝謝！感激不盡。』

林折夏拿著手機和筆溜出去的時候鬆了一口氣，要不是藍小雪在群組裡求助，不然她還要留在教室裡面對那個方槐，或者還要鼓起勇氣和他提風水話題。

藍小雪他們藝術生的教室比他們那邊更吵，她本來以為她那頂綠頭髮肯定在人群中很顯眼，結果站到他們班班級門口，一眼望去，發現什麼顏色的頭髮都有，還有一些奇裝異服的人。

藍小雪那頭個性綠頭髮居然被淹沒了。

她忍不住感慨：「你們教室……好有個性。」

藍小雪：「我也覺得，我畢業的時候去染頭髮，我媽還罵我，說誰像妳這樣——我今天拍照傳給她看，告訴她我其實已經很低調了，她啞口無言。」

「……」

她送完筆，又跟藍小雪在教室外面聊了十幾分鐘，再回到自己班級的時候，走到門口，隱約覺得不太對勁。

——這個不對勁源自於，方槐旁邊，她的座位上好像坐了個人。

一個她無比熟悉的人。

那人個子很高，戴著銀色耳釘，正漫不經心地坐在她的座位上翻書。

整間教室因為這個人的到來，彷彿安靜了不少。

最安靜的人是方槐。

方槐本來想在下課時間和林折夏拉近一下距離，多聊幾句，沒想到這個女孩子一下課就跑了，更沒想到，在她走之後沒多久，居然走進來一個人，那個人堂而皇之地在林折夏位子上坐下。

「你……走錯了吧？」方槐愣了下，「你應該不是我們系的。」

那人居高臨下地掃了他一眼，用一種不太想理他的語氣說：「沒走錯。」

方槐：「你認識她？」

那人：「不只是認識。」

方槐琢磨著，「不只是認識」這句話可有太多層意思了。

「冒昧問一句，你們是什麼關係啊？」他問。

那人沒說話，只是微微揚起下巴，他披了一件很薄的黑色防風外套，整個人看起來距離感很重，然後他從口袋裡看似隨意地拿出了一樣東西。

方槐定睛一看，是一張照片。

照片有一些年頭了，但保管得很好。

照片上，他和林折夏親暱地靠在一起，林折夏手裡拿著棉花糖，他的手在林折夏頭上比了個手勢。

然後那個看起來距離感很重的人，居然特地開口向他介紹這張照片的來歷：「這張照片，是我跟她高中時候拍的。」

方槐人傻了。

偏偏這個人，還要把話題遞給他：「我覺得拍得還行，你覺得呢？」

方槐：「我覺得……」

他覺得不太下去。

方槐決定換個話題：「你們高中的時候就……那什麼了嗎。」

那人不置可否。

方槐很尷尬：「我懂了，不好意思啊兄弟，我不知道，還以為她單身呢。」

然而他沒想到的是，這個人略帶傲慢的炫耀行為還沒結束。

他又從衣服口袋裡拿出了另一樣東西。

紅色的，很小巧，很像寺廟裡求的那種平安符。

「這個也是高中，」遲曜冷淡地說：「我去參加比賽。」

「她擔心我。」

「……」

方槐心說，可以了，不用再繼續了，他已經完完全全了解情況了。

之後兩個人安安靜靜地並排坐著，誰也沒有說話，直到林折夏推開教室門進來。

林折夏：「？」

「你怎麼在這，」她走到遲曜面前說：「你不是沒課嗎？」

遲曜已經把東西收起來了，還是那副冷淡的態度，說：「路過，順便來看看妳。」

林折夏：「這都能路過，你是在教學大樓裡散步嗎？」

「……」

遲曜反問：「學校有規定，不能在教學大樓散步？」

林折夏：「那倒是沒有，你非要做這種奇怪的事情，也沒有人攔著你。」

她和遲曜聊天的時候，態度明顯很親暱。

明明只有寥寥幾句話，卻讓旁人完全插不進去。

「我們等等要上課了，」林折夏最後說：「你還是去別棟教學大樓散步吧。」

遲曜也沒打算多待。

他站起來，讓位子給林折夏。

走之前，不知是有意還是無意地，他抬手輕輕按了下林折夏頭頂：「走了。」

林折夏愣了下。

等他走後，方槐咳了一聲，突然要換位子：「林同學，我坐去旁邊了哈。」

林折夏：「啊？」

方槐走前不好意思地說：「剛才打擾了，我不知道妳有男朋友。」

「……」

她有什麼？

男朋友？？？

「我什麼時候……」她這句脫口而出的話，在想到剛才離開的那個人之後，戛然而止。

不會又是說遲曜吧。

林折夏不知道是哪個環節產生了問題。

明明高中的時候，她和遲曜之間再怎麼親近，所有人都默認他們是好兄弟。

可是到了大學，前後不超過一天時間，就已經有兩個人覺得他是她的男朋友。

是因為高中不允許談戀愛嗎？

還是因為，過了十八歲，長大之後，再好的朋友也會被人誤解？

林折夏帶著這個問題，上完了一上午的課。

她認真做好筆記，收拾好課本，然後抱著兩本書順著人流往外走，她走的時候還在想下課時間的事情，所以有點出神，沒有發現教室門邊有個人在等她。

直到一隻手橫著從旁邊伸出來，把她從人流裡拽出來，她才抬起頭，看見了遲曜那張臉：「……你怎麼沒走？」

她匪夷所思：「這棟大樓，能散那麼久嗎？」

遲曜：「在等妳。」

他說到這，微妙地停頓了下，「……等妳去找何陽吃飯。」

林折夏：「哦。」

他們難得一起考過來，離得那麼近，是該約頓飯。

「你和他說好了嗎？」

「昨天說了。」

林折夏抱著課本，跟著他往樓下走：「那我們是在漣大附近吃還是去師範，要不然外面吧，我聽室友說大學城附近有很多吃飯的地方……」

她話還沒說完，比她先一步走到樓下的遲曜雙手插口袋，轉過身站在樓梯下看她。

樓梯口外面，熱烈的陽光灑進來。

整個樓梯間被照得異常亮堂。

他像以前很多很多次一樣，叫了她的名字：「林折夏。」

林折夏站在臺階上，在他的注視裡，有點緊張：「幹嘛？」

遲曜看了她一下，他平時不管說什麼，都是那副要麼隨意冷淡，要麼欠揍的語氣，鮮少有現在這種想說什麼，但又不可以隨意說出口的模樣。

也正是因為這副不同以往的樣子，讓林折夏根本猜不到他想跟她說的話。

於是她又重複了一遍：「你叫我幹什麼？」

遲曜罕見地別開眼，說話的時候不太敢看她的眼睛，然後冷淡且曖昧地說了一句：

「……離其他男生遠點。」

離……其他男生遠點。

林折夏愣在原地。

直到身後有其他同學下樓，走道變得擁擠，有人從後面碰了一下她，她才回神往下走。

林折夏知道不應該，但還是克制不住內心的期待，走下去後問他：「你為什麼要我離其他男生遠點？」

遲曜已經轉過身，繼續往前走，他用最冷淡的語氣說最哄騙小孩的話：「因為妳笨，容易被壞人騙走。」

林折夏跟在他身後，小聲說了句：「你才笨。」

「那你呢，」過了一下，她又問，「你算其他男生嗎。」

「我？」

他放慢腳步，「我當然不算。」

等林折夏跟上來，他側過頭去看她，「嘖」了一聲說：「其他男生的意思，是除了我以外的所有男生——記住了。」

第二十章　女朋友

南巷街小分隊三人在大學城附近一家西餐廳重聚。

何陽出現的時候，林折夏正坐在遲曜身邊看菜單，見到何陽進來，她忍不住瞪大了眼睛。

何陽昨晚抽空去理髮店染了個頭，頂著一頭狂野的漸變紅，風風火火出現在餐廳門口。

他自信地坐下：「點好菜了嗎，牛排我要八分熟。」

林折夏和遲曜很默契地，都沒說話。

何陽又問：「怎麼，被我帥到失語了？」

然後就像兒時很多次一樣，兩人同時發言——

林折夏：「呃……」

遲曜：「照照鏡子。」

何陽：「不覺得哥這樣很帥嗎，對了，別告訴我媽啊，我特地等入了校再染的，被她知道可能要連夜搭計程車來漣雲師範打我。」

遲曜已經懶得多做評論。

林折夏最後說：「你高興就好。」

何陽和遲曜也一年多沒見，而且這一年多，他傳給遲曜的訊息都很少得到回覆，他心說比起林折夏，他可能更加有那種久別重逢的感覺。

好在三個人關係夠硬，兒時一起經歷的事情太多，倒是沒有那種真正的陌生感。反而是新鮮感更多，因為是大學生了。

吃飯時，林折夏正在慢吞吞切牛排，遲曜的手從旁邊伸過來，把自己切好的那盤換給她。

察覺到她在愣神，遲曜問：「怎麼了？」

林折夏忍不住說：「你幹嘛突然對我那麼好。」

遲曜輕描淡寫：「以前對妳不好嗎。」

這句話她無法反駁。

因為仔細想想，以前遲曜雖然說話很毒，其實一直是這個世界上除了親人以外對她最好的人。

但她總不能說，你現在為什麼嘴巴不毒了吧。

顯得她好像真的一天不被他罵，就不舒服一樣。怪變態的。

這兩人在對面聊天的工夫，一頭紅毛的何陽在獨自切牛排。

他看著眼前這個「曖昧」的狀況，聯想到昨晚遲曜打給他的那通沒有下文的電話，大概反應過來這位爺是要主動出擊了。

他有點後悔。

這頓飯是很貴沒錯，但他真的不該來吃。

總覺得沒眼看。

聚完餐後，幾人各自返校。

林折夏和遲曜並肩往漣大校區走。

路上，她忍不住背著何陽吐槽他的新髮型：「真的很醜，太醜了，他不知道紅色顯黑嗎，他甚至還燙了一下……染了一個這樣的頭，居然還能那麼自信。」

「那就別看他，看看好看的。」

「什麼好看的？」

「比如說，」遲曜冷冷地說：「我。」

「……」

遲曜這話說完，林折夏下意識去看他。

這個人無疑是很好看的，好看到從中學時代開始就被很多人默默注視著，眼前的少年今天好像刻意打扮過，不然這麼熱的天，為什麼還要特地披件外套，這件外套看起來像是被刻意用來凹造型。

她最後不自在地收回眼，說：「你要臉嗎。」

遲曜沒說話。

他一直是個極其要面子的人。

但他在這一刻，忍不住想如果不要臉能追到她的話，其實也可以不要。

或者說，在重新見面並決定追她的時候，他就已經拋開這些了。

遲曜照例送她回宿舍。

路上，他叮囑：「回去把課表傳一份給我。」

林折夏像高中時那樣，和他交換自己的課表：「那你的也要傳給我。」

「行。」

「你今天下午應該有課吧，」林折夏又問，「我們下午休息，剛開學，課不多，而且過兩天還要準備軍訓。」

說話間，兩人已經走到宿舍大樓樓下。

上次遲曜送她回來，是晚上，所以林折夏沒有注意到門口來來往往有很多女生，而且這些女生只要經過他們，大多都會往他們這看一眼。

林折夏：「你快走吧，我到了。」她補了句，「你以後不用送我到門口的，我自己可以走。」

遲曜沒直面回覆她這句話。

反倒是在走前，他像是故意似的說：「等一下，幫我看一下我的耳朵。」

林折夏：「你的耳朵怎麼了？」

他頂著那張冷淡又肆意的臉，扯了下嘴角，撒謊不打草稿：「也沒怎麼，就是有點疼。」

會疼。

那肯定是戴耳釘的那側。

林折夏還抱著書，她不由自主地把手裡的書抱得更緊，然後走上前一步，主動拉近和遲曜之間的距離：「是……耳釘有問題嗎？」

遲曜默認，為了方便她查看，彎下一點腰。

一下把兩個人之間的距離拉得更近了。

「看不出什麼問題，」林折夏仔仔細細去看，「也沒有紅腫，你是突然疼嗎，之前疼過沒有？」

遲曜：「突然。」

林折夏：「可是真的看不出……」

遲曜打斷她：「看不出的話，可能得摸一下。」

「……」

摸、一、下。

這三個字在林折夏的字典裡，完完全全超過範圍了。

她眨了下眼，半天沒反應過來。

眼前的銀色耳釘，她再熟悉不過。

而且遲曜會戴耳釘，完全是因為她，這個耳釘也是她親手選的。

高中時代和遲曜一起做過的事情，現在還歷歷在目。

只是沒想到，遲曜一戴就戴到現在。

林折夏猶豫了一下，然後她緊張地抬起手，用最快的速度在他耳垂上碰了一下。

銀色耳釘泛著涼意，可他的耳垂卻又滾燙。

林折夏指尖像是著火了一樣。

緊接著，臉頰也跟著一起燒起來，說話都開始不俐落：「沒、沒摸到什麼。你過一下再看看吧，可能是耳釘有問題，你回去清理一下。我先回去了。」

她說完，頭也不回往宿舍裡跑。

這次心跳比上次還劇烈。

半天都沒壓下去。

完全失了方寸。

晚上宿舍大樓熄燈後。

其他室友都在聊今天上課的話題，不像昨晚，現在大家熟悉起來後，寢室也逐漸開始變得熱鬧。

林折夏躺在床上睡不著，翻來覆去一陣子，忍不住從被子裡探出腦袋，喊了藍小雪的名字。

藍小雪正在畫畫：「怎麼啦？」

林折夏猶豫：「我……最近有點事情，感到很困擾，妳有時間的話，我能不能跟妳聊一下。」

藍小雪放下手裡的筆：「可以啊，妳說。」

「我那個青梅竹馬，就是妳們都見過的，我覺得他最近有點奇怪。」

這個語序說完，林折夏本能覺得熟悉。

她想起來高中那時，她不知道自己開始喜歡上遲曜，問過陳琳，只不過當時變得很奇怪的那個人，是她。

藍小雪：「妳哥哥啊，怎麼奇怪了。」

「……他不是，算了。」林折夏略過這個稱呼，「我也說不上來，就是最近我和他有點過分親近了，以前我和他也很熟，但那完全是好朋友之間的那種熟悉，最近給我感覺好像有點……」

有點……

這句話最後是兩個她說不出口的、游移不定的，但自己心裡也越發清晰的兩個字。

「曖昧是吧。」藍小雪一語道破。

「他對妳就是很曖昧啊，」藍小雪完全不覺得曖昧這個詞有什麼，「妳才發現嗎，我第一天就和妳說了，別跟我扯什麼從小一起長大，好朋友不可能這樣。」

「怎樣？」林折夏追問。

「放任別人誤會你們之間的關係。」

藍小雪把這句話說得更明確：「哪個好朋友，會放任好朋友身邊的人誤會他們有一腿啊，這是好朋友嗎，這明顯是圖謀不軌。妳看，妳把他當好朋友，妳是不是一直在極力否認，告訴別人你們是朋友，你們沒有其他關係。可他完全沒有。」

林折夏的心跳，隨著藍小雪的話再次跳躍起來。

藍小雪最後總結出一句：「我覺得他喜歡妳。」

儘管心一直在跳，林折夏還是脫口而出：「不可能。」

「妳為什麼覺得不可能？」

「因為……我們之間太熟悉了，他怎麼可能會喜歡我。」

藍小雪從她的話裡，聽出了一點端倪：「那妳喜歡他嗎？」

「妳喜歡他，」沒等林折夏回應，藍小雪直接替她承認了，又說：「妳都能喜歡他，他怎麼就不可能喜歡妳。你們之間，是那種誰都插不進去的距離欸，曾經是朋友，但長大了喜歡上對方，怎麼就不可能了。」

藍小雪說到這，有其他人叫她，沒再說下去。

談話中斷。

林折夏躺在被子裡，心裡那個原先覺得完全不可能的念頭，第一次克制不住地冒了出來。

她開始認認真真地想：有沒有萬分之一的可能，遲曜，也會喜歡她。

這個高中時代，她想都不敢想的事情。

居然在此刻，從內心最深處的地方躥了出來。

林折夏睡前忍不住去翻她最近和遲曜的聊天紀錄。

好像……遲曜的每則回覆，都是很曖昧的。

她看了一下，傳兩則訊息給他。

『你睡了嗎？』

『你早點睡覺。』

遲曜也回過來兩則。

『知道了。』

『晚安。』

林折夏在對話欄裡打：『今天不打電話了嗎……』

打完，沒傳出去之前，她又把這行字刪掉。

好像她很想和他打電話睡覺一樣。

林折夏：『你睡得著嗎？』

遲某：『還行。』

林折夏：『那你耳朵還疼不疼？』

這次遲曜回覆的速度慢了點。

她握著手機，等了兩分鐘，手機震動一下。

遲某：『妳摸過之後，好多了。』

「……」

林折夏泛上來的睡意被這行字擊退。

她慌張地措辭：『你下次不要說這種話，很容易讓人誤會。』

但是她打完，又沒有勇氣傳出去。

萬一，是她想多了呢。

如果遲曜根本不是這個意思，她這句話傳出去，兩個人都會變得很尷尬。

於是她只能問：『你在幹什麼？』

『在寢室。』

『聽他們聊天，明天晚上可能要去後街聚餐。』

林折夏和遲曜聊到這裡之後就放下手機睡著了。

但很巧合的是，她們寢室第二天晚上也在後街吃飯。

晚上，後街張燈結綵，很多吃飯的餐館都在道路兩邊擺了桌椅，正在她琢磨會不會遇到遲曜的時候，藍小雪眼尖，看到街對面：「妳哥哥。」

林折夏背對著那條商店街，聞言，轉過身。

遲曜和其他三個男生一起從另一頭走過來，後街人很多，但無論有再多人，他也總是人群裡那個最出眾的。

少年原先只是漫不經心地跟在其他三個人身後，插著口袋，似乎還嫌這條街太吵，眉眼微微壓下，整個人身上那股疏離感就算隔著五公尺遠都依舊覺得很衝。

半晌，他抬起眼，遠遠地看了前面一眼。

然後和林折夏一樣，一眼在人群裡看到了她。

最後兩撥人併了桌。

林折夏看著忽然多出來的四個人，拖著椅子往旁邊靠，騰位置給他們。

等遲曜在她身邊坐下，她才問：「你怎麼看到我了？」

「難道我瞎了嗎。」

「……」

一群人簡單做了下自我介紹，輪到林折夏的時候，她剛報出自己的名字，遲曜寢室其他幾個人就連連說：「知道知道，遲曜女朋友，了解的，久仰大名。」

「……？？？」

林折夏一臉愣，坐了回去。

飯桌上，其他人開始聊起來。

林折夏輕輕碰了下遲曜的手臂，尷尬地質問：「為什麼他們說我是你女朋友？」

遲曜往後靠了下：「不太清楚。」

你怎麼會不清楚……

但在繼續追問之前，林折夏想起昨晚藍小雪說的那句話：哪個好朋友，會放任好朋友身邊的人誤會他們有一腿啊。

林折夏沒有勇氣繼續這個話題，她想知道答案，又怕知道答案。

在這種複雜的情緒之下，她隨手拿起旁邊的一杯飲料，喝了兩口。

酸酸甜甜的，味道還不錯，就是除了酸甜以外還有一股說不上來的味道。

林折夏沒有多想，一頓飯下來，喝了兩杯。

等她察覺到這杯「飲料」似乎不是飲料的時候，頭已經開始暈了，整個人不受自己控制。

「遲曜，」她又碰了下遲曜的手臂，抓著他的衣袖，「你腦袋怎麼變大了。」

遲曜看了她一眼。

「你別亂動，你這樣晃來晃去的，我頭好暈。」

「我沒動，」他問，「妳剛才喝什麼了？」

林折夏：「飲料。」

遲曜看了桌上的雞尾酒一眼：「幾杯？」

林折夏伸出手，比了四根手指頭：「兩杯。」

「……」

在這天之前，林折夏從來沒想過，自己人生第一次醉酒，會這麼狼狽。

聚會散場，其他人先回寢室。

她蹲在後街街角處，扶著牆乾嘔。遲曜在旁邊遞紙巾給她。

她意識不清地想接，但沒接到。

於是她模糊的記憶裡，看見逆著後街斑駁陸離燈光的少年沉默著蹲下身，一隻手按著她後腦勺，另一隻手拿著紙巾替她擦拭。

很輕，仔仔細細，小心翼翼的。

好像她是某種很珍貴的易碎品一樣。

擦拭完，她聽見遲曜的聲音在耳邊響起：「能站起來嗎？」

她扶著牆，還是有點晃悠。

然後下一秒，視野裡出現了一隻手。

骨節分明，手指細長，哪怕她現在意識不清醒，也能分出半分理智誇一下好看。

這隻手帶著她一起做過很多很多事情，帶著她織過圍巾，也按過琴弦。

林折夏想像高中時代那樣，去牽遲曜的衣袖，拉著遲曜的衣服走。

然而伸手的人卻沒有給她這個機會，遲曜的手順勢往上，默不作聲抓上她的手，強制性扣住了她的掌心，牽著她的手往長街另一頭走。

「走吧，酒量不好的膽小鬼。」

林折夏本就因酒精而失控的大腦，一下亂了。

劈里啪啦地，像斷電一樣。

又像無數細密的電路迸發出某種火花。

因為醉酒，所以她感覺自己腳下的路是虛的，自己也快要飄起來了，整個世界都是虛的，只有和少年交握的手是實的，對方緊扣住她的手指是實的，對方手上傳過來的體溫也是實的。

林折夏被他一路牽著，走到一半，忽然間甩開了他的手。

她感覺自己正在失控的邊緣，一些平時深藏在心裡，不敢說的話全都流向嘴邊：「你為什麼要對我室友說你是我的哥哥？」

因為醉酒，女孩子臉上紅撲撲的，眼睛迷離卻依舊很亮。

「為什麼方槐會覺得你是我男朋友，為什麼就連你室友，剛才見我第一面，也說我是你女朋友——」

「你為什麼……要放任他們這樣想？」

說到這裡，她居然有點委屈。

她想，如果是玩笑的話，會顯得她此刻的在意像個傻子。

因為他是她喜歡的人，是她從高中時代開始，只能偷偷喜歡的人。

「我們明明不是。」

她一字一句地說：「你這樣，會容易讓別人誤會。」

說完，她居然意外地開始清醒起來。

可能是因為自己也知道，這些話是不能說的，起碼，不能這樣直白地說出來。

所以她有點被自己敲醒了。

她忐忑且後悔地等待遲曜的回應，她預料了很多種回答，其中可能性最大的，是遲曜的解釋。

然而沒有。

站在她面前的人非但連解釋都沒有，甚至反問她：「那妳呢，妳也開始誤會了嗎？」

有點清醒後，林折夏說話就不像剛才那麼直接，但話已經說到這裡，這時也不能避而不談，於是她垂下腦袋，不去看他，吞吐地說：「你這樣，我當然，也會誤會……」

她說話的聲音越來越小。

接著，被遲曜的聲音所覆蓋：「妳沒有誤會。」

林折夏愣住了，她猛地抬起頭，撞進了遲曜眼底。

遲曜看向她時眼神很深，他站在路燈下，喉嚨微動，少年冷倦散漫的聲音因為緊張而發乾：「我故意的。林折夏，我在追妳這件事，很難看出來嗎？」

「如果還不夠明顯的話……」見她遲遲沒反應過來，他又說：「明天我再試著，做得更明顯一點。」

林折夏原先感覺自己因為酒精而飄起來，在說錯話之後又落了下去。

但現在，因為遲曜的話，她又重新飄了起來。

遲曜居然對她說，她沒有誤會。

她沒有誤會，他在追她。

她被這句話砸中，差點以為現在是在做夢，為了確認，她傻乎乎地多問了一句：「為什麼要追我？」

林折夏第二天酒醒後回憶起來這段，還是羞怯到整個人完全縮在被子裡，過了半天才從被子裡鑽出來。

昨天晚上，夜空中似乎有星星。

遲曜這個從來都喜歡說反話的人難得拋開其他，認真地對她說：「因為我喜歡妳。」

「林折夏，我很喜歡妳。」

「……」

然後兩人都因為這場意外的表白，陷入長時間沉默。

太突然了。

對任何一方來說，現在的狀況都太突然。

林折夏一時間不知道怎麼面對，這種情況，他都說要追她了，她立刻就回應「其實我也喜歡你很多年了」好像也不太好。

而且……她其實是有點期待的。

期待喜歡的人追自己這件事。

遲曜也不知道該怎麼繼續。

他表面看起來淡定，實際耳根悄悄紅了一片。

在他的計畫裡，他對林折夏說出「喜歡」，應該是在一個更加正式的場合。

氣氛凝滯過後，他嘆了口氣，準備再去牽她的手，把她牽回宿舍：「……很晚了，先送妳回去。」

林折夏用最後一點理智克制住自己，避開了他的手。

「男女朋友才可以牽手，」她說：「我們暫時還不是。」
她別開眼：「你先……追著吧。」

林折夏第二天睡醒，頭還有點疼。
她睜開眼，看到的第一則訊息就是遲曜的「早」。
林折夏意識模糊地消化完昨晚的事情，然後滑了一下個人頁面，發現遲曜居然罕見地更新了個人頁面內容。
貓貓頭：『有喜歡的人了。』
「……」
遲曜的個人頁面幾乎沒內容，而且常年被噴性格差，從沒有過花邊新聞。
這時居然在個人頁面公開認愛。
林折夏心跳漏了一拍，往下滑，在留言裡看到一連串熟悉的名字。
徐庭：『大冒險輸了？』
徐庭：『不對，你也不像是會參加大冒險的人。』
何陽：『……』
藍小雪：『哇哦，進展比我想像得快。』
「……」

這裡面，甚至有二中教務主任老劉，老劉老年人衝浪發言：『這上了大學果然就是不一樣哈，支持，充分支持。』

她想起昨晚醉酒時聽見的那句話。

——如果還不夠明顯的話。

——明天我試著，做得更明顯一點。

確實是更明顯了。

非常非常，明顯。

而且這則動態讓她昨晚所有飄起來的不真實感落了下來。

昨晚不是一場夢，她和遲曜之間發生的事，說過的話都是切切實實存在過的。

那個她先前不敢乞求的萬分之一的可能，變成了可能。

她紅著臉退出去。

藍小雪正好傳來一則新訊息：『我說什麼，妳那哥哥絕對是喜歡妳吧。』

『記得讓他多追一陣子。』

『女孩子嘛，哪能那麼容易被追上。』

新學期過去兩天，大家初步認識了解各自的班級和課程，之後大一新生迎來為期長達半個月的軍訓。

半個月的軍訓裡，沒有發生什麼特別的事情。

她和遲曜不同科系，隔著很遠。

但是每天早上，兩個人還是會照例一起去學生餐廳吃早餐，晚上軍訓結束之後遲曜會等她吃晚飯。

兩個人又回到以前高中上學時形影不離的樣子。

只不過遲曜還是會說曖昧的話，對她做高中時不會做的略顯曖昧的事。

軍訓期間發生的唯一一件小插曲，是因為遲曜在大學依舊太出名，所以他的軍訓照在網路上忽然流傳開了。

她不知道遲曜那邊的情況，但她透過藍小雪，知道了大學女生追人的攻勢，比高中那時猛烈很多。

比如遲曜同系的女生似乎每天都帶巧克力給他，雖然他一次都沒收過。

比如有人硬著頭皮去他們系蹭課。

這些事情知道的多了之後，軍訓期間，某天林折夏和遲曜一起吃晚飯時，莫名其妙地沒繃住：「最近是不是有很多……很多人找你啊。」

遲曜沒反應過來，在替她挑蔥花：「什麼很多人？」

「巧克力，」林折夏忍不住挑明，「聽說你們班有人每天都送給你。」

遲曜「哦」了一聲：「是有。」

林折夏靜靜等待下文。

發現遲曜只是在看她，沒有要說下去的意思，她催促：「然後呢。」

遲曜：「我可以理解成，妳在吃醋嗎？」

「……」

「不可以，」林折夏矢口否認，「我就是隨便問問。」

遲曜穿著軍訓服，像以前那樣嗆她，他下巴微揚，用一種不太好商量的語氣說：「既然隨便問，我就不特地回答了。」

「……」

不回答就不回答。

林折夏戳著碗裡的米飯，想著她其實也沒有立場去問。

雖然遲曜在追她，可是他們還沒有確認關係。

就在她想說「算了不說就不說吧」的時候，在收拾好餐盤離開學生餐廳前，遲曜不冷不熱地回答了她剛才那個問題：「我說我現在在追人，收了容易追不到女朋友。」

林折夏所有思緒在聽到這句話的那刻斷了。

接著，心底密密麻麻的細小感受像在偷偷放煙火一樣。

她不知道說什麼，最後「哦」了一聲。

晚上兩人去漣雲師範找何陽，何媽不知道從哪裡聽說他染了頭髮，強制要求他把頭髮染回去，還讓他們過去拍段影片當作監督，免得何陽陽奉陰違。

何陽坐在理髮店裡，非常悲痛：「我的帥氣，在今晚，即將打折。」

他對自己的紅髮依依不捨：「有沒有一種可能，你們幫我噴一下一次性染髮噴霧？」

「……」

林折夏和遲曜一人一把椅子，坐在他對面，齊齊對他搖頭。

等折騰完何陽那顆頭，再回到漣雲校區已經很晚了。

一路上，林折夏都藏著心事。

傍晚吃飯時那段對話還揮之不去。

雖然藍小雪說女孩子要享受被追的階段，要讓遲曜多追一段時間，但她其實不太想讓遲曜一直追她。

或者說，遲曜只要稍微追一下她就可以了。

因為這個人也是她這麼多年來一直一直喜歡的人。

她很想和他在一起，也捨不得讓他追太久。

而且大學裡人那麼多，今天送巧克力，明天說不定送什麼。

雖然知道遲曜這個人對外一直很刻薄，但她還是會擔心，萬一出現一個很熱情的女生，這個女生又恰好是遲曜會喜歡的類型……

林折夏想了很多，導致遲曜在和她說話的時候她漫不經心的，根本沒聽他在說什麼。

「明天早上系裡有事，不來找妳了。」

「嗯。」

「記得吃早餐，別賴床。」

「嗯。」

「林折夏。」

「嗯。」

「做我女朋友。」

「嗯……啊？」

遲曜知道她在走神，也只是逗弄她一下：「逗妳的。」

「……」

林折夏在心裡說，其實他可以當真。

她一路上都在幫自己做心理建設，這時已經走到教學大樓附近，前面有一段路沒有燈。

應該是電路出現了什麼問題，不然這段路平時都是燈火通明的。

在走進這段黑暗之後，林折夏心裡的勇氣無端鑽了出來。

因為此刻她看不見遲曜的臉，只能隱約看見少年高瘦的輪廓，還有從他那裡傳來的聲音。

林折夏和他並肩走著，走到半路的時候，手指動了動，去碰遲曜的手背。

在碰到之後，她小心翼翼但卻異常堅定地扣住了他的手。

她感覺遲曜整個人都在她扣上去的那一刻僵住了。

這條路上人很少，一片漆黑。連蟬鳴聲都聽起來更加微弱。

她其實也很緊張，抓住遲曜的手之後就不知道該怎麼繼續。

要說什麼嗎，或者是，要做點什麼？

最後還是那隻手的主人主動打破平靜，問她：「妳在幹什麼？」

林折夏聲音發乾：「……我在牽、牽你的手。」

遲曜的聲音從上至下落下：「如果我沒記錯，上次有人說過，男女朋友才可以牽手。」

兩人之間又安靜下來，像在等待某種宣判。

林折夏最後閉了下眼，說：「你既然都知道了，非得再問一遍嗎。」

遲曜僵硬的手指過了很久才在她掌心裡動了下，少年指節微微屈起，然後反客為主，手指強勢地擠進她指縫間，姿勢改為更緊密的十指相扣。

「所以，」他說：「我們現在是男女朋友關係。」

林折夏很輕地「嗯」了一聲。

還好這條路很黑，不然她根本不敢嗯這一聲。

倒是遲曜猶疑起來，喜歡一個人，能讓一個平時倨傲又肆意的人變得游移不定。

遲曜：「膽小鬼，妳喜歡我？」

林折夏不好意思說「我早就喜歡你了」，她最後只說：「你長得也算人模人樣，對我也很好，而且，你也追了我那麼久了，我會對你產生一些異性之間的好感也很正常吧。」

「妳最好確認一下。」

他牽著她說：「等穿過這條路，再想鬆手，就沒那麼容易了。」

回應他的，是林折夏抓得更緊的手。

遲曜沒有牽著她穿過這段路，在路的後半段，他忽然停下來。

林折夏問：「怎麼不走了？」

「有點等不及……」他說，「想抱妳一下。」

「……」

話音剛落。

林折夏跌進他的懷抱，遲曜另一隻手輕輕按在她後頸處，將她整個人攬進懷裡。

眼前依舊是漆黑一片，其他感官被放大，比如說遲曜扣著她後腦勺的手漸漸移到了她腰上。林折夏今天軍訓結束後，換下了軍訓服，上身只穿了件短袖，因為要見的人是遲曜，所以搭了件裙子。

現在上衣在行動間往上移了點，少年溫熱的指腹，差一點點就能摸到她被風吹得發涼的後腰。

林折夏還聽到了一點從對方身上傳過來的心跳。

這個擁抱持續了很久。

在遲曜鬆開她之前，她感覺遲曜的手又不動聲色往上，按在她頭上之後，手指動了幾下，把她綁馬尾的黑色髮圈解了下來。

林折夏頭髮突然間整個散下來。

「這個我拿走了，」遲曜鬆開她之後，迎著道路盡頭的燈光，抬起手腕，突出腕骨處戴著的是剛拿下來的那條黑色髮圈，他對她晃了下說：「……畢竟剛確認關係，得被女朋友蓋個章。」

林折夏看著他的手腕，愣了很久。

怔愣的原因除了他這個行為太過突然以外，更多的是因為她想起來——

在她和遲曜眾多過往相處的片段中，有那麼一個片段，是她洗完頭，讓他幫忙拿一下髮圈。

當時她匆匆忙忙的，急著出門。頭髮也沒乾。

歲月似乎在此刻輪迴倒轉。

當初那條曾經短暫圈在遲曜手腕上的黑色髮圈，如今名正言順地以「男朋友」的名義戴上。

這樁穿越時空，在這一刻連結起來的巧合，巧得好像預謀已久似的。

就好像，從那個時候開始，他就想做這件事了。

兩人又往前走了一段路，路段燈光恢復正常。

視野更清晰之後，林折夏理了下自己披散下來的頭髮，然後藉著更亮堂的光，忍不住又去看遲曜被黑色髮圈圈住的手腕。

這條髮圈和她高中時候用的很像。

最普通的式樣，綁了一個多月，已經被撐大了些，所以現在戴在少年手腕上剛好合適。

黑色的，很細的一圈。

像是在告訴所有人他被她圈住了一樣。

「……」林折夏秉著禮尚往來的觀念，邊走邊問，「那我是不是也要蓋個章。」

「怎麼蓋？」遲曜牽著她問。

林折夏迴避問題：「我怎麼知道，這要問你。」

遲曜用最冷淡的語氣，說最出格的話：「親一下算不算。」

「……」

林折夏：「當我沒問。」

又走出去一段，林折夏想了下，遲曜有什麼東西可以拿來讓她蓋章。

林折夏：「一看就是男生的那種……最好還可以帶著……好像真的有，你覺得我明天起，走到哪都隨身攜帶從你身上收走的那個打火機怎麼樣？」

這次沉默的人成了遲曜。

他用和她剛才相似的語句回答：「我就當沒聽見。」

林折夏：「哦。」

她又說：「好像有點不太適合。」

林折夏在宿舍樓下和他說「再見」，但是「再見」剛說完，遲曜原本想鬆開的手又陡然收緊：「別動，再抱一下。」

林折夏回到寢室，藍小雪一眼看破：「在一起啦？」

林折夏不好意思地「嗯」了一聲，又問：「妳怎麼知道？」

藍小雪晃晃手機：「妳太低估妳哥哥在學校的影響力了，你們在樓下抱上，我們宿舍大樓的群組就有人哭著喊自己失戀。」

林折夏：「……」

倒也不用。

「也太快了，」藍小雪又說：「我本來還以為能讓他追一個月呢。」

林折夏：「……一個月，有點長吧。」

藍小雪很懂她：「妳就寵他吧。」

林折夏沒繼續聊，主要是不好意思。

她拿上東西，準備去洗漱，在洗漱之前，剛才的畫面又控制不住浮現。

她想，剛才她的反應是不是很呆滯。

她有沒有表現得很奇怪？

遲曜看起來好像比她從容很多……

另一邊。

「從容」的遲曜回寢室之後，去陽臺吹了半天風，才把渾身燥熱和紅透的耳尖壓下去。

他在去陽臺之前，室友找他：「你去哪了？」

遲曜：「怎麼？」

「能不能幫我去跟一個人要聯絡方式，我們班的，我怕她拒絕我。」

「自己要，」遲曜說：「沒長嘴嗎？」

那室友也不生氣：「你好冷酷，你好無情。」

他倚著陽臺門，光看這張臉，和他往日不可一世的作風，根本想不到他也會緊張，甚至會緊張到紅了耳朵。

但他面對的不是別人，是林折夏。

以前他和她之間的相處模式，從兒時她總想找他打架開始延續。

他見到林折夏第一面，覺得這個女孩有病。

初遇時，兩個人誰都不肯讓步。

到了後來，更多的是為了掩飾，掩飾自己暗戀她這件事。

所以總是口不對心，總是一臉「我並沒有在意妳」的樣子。

在分別之前，他從沒有想過，有一天和林折夏的相處模式會發生變化。

他可以對她說「喜歡」，可以明目張膽地說自己想抱她。

遲曜最後低下頭，緩和過來，拉開陽臺門回去之後，寢室已經到時間熄了燈。

熄燈後大家還在聊天，聊天內容圍繞剛才想請遲曜幫忙的那件事。

「我明天該怎麼說啊？妳好，能不能給我一下妳的聯絡方式？這樣會不會太簡單了，不能突出我的特別。」

「你還想特別……你想太多了吧。」

「那我難得主動一次，」那室友說：「總得留下深刻的印象，才好為後面的發展奠定殷實基礎吧。」

幾人聊著，最後有人說：「主要你找我們說也沒用啊，我們全寢室都單身，難道集齊四個單身的，就可以幫你召喚神龍嗎。」

那室友琢磨了下：「我覺得你說得對。」

他們全寢室確實都是單身。

最初因為某個姓遲的人有事沒事就給他們看一張舊照片，照片上是他和一個女生，搞得他們默認這女生就是遲曜女朋友。

但後來意外和那女生寢室一群人一起吃飯，才發現好像不是照片上看起來的那樣。

話音剛落，寢室裡傳來「啪嗒」一聲。

檯燈亮起。

他們全寢室那個性格最差，最受歡迎的人冷著臉坐在檯燈旁邊。

有室友探頭往下面書桌看過去：「曜哥，熄燈了，你不睡？」

說完，室友總覺得哪裡不太對勁。

因為正常人開著檯燈，照的地方應該是桌面或者課本，但是遲曜開了檯燈之後，不知道他是不是故意的，光線聚集在手腕處。

「……」

半晌，終於有人問：「……曜哥，你手腕上這什麼？」

遲曜這才慢條斯理地動了一下，他捏著手指骨節，輕描淡寫：「也沒什麼。」

「女朋友給的，」他在別人面前，根本不是剛才當著林折夏的面那種緊張且無所適從的樣子，整個人肆意而又鬆弛，「忘了說，今天脫了個單。」

全寢室其他三名室友：「…………」

林折夏並不清楚遲曜那邊發生了什麼，她只知道她今天晚上睡不著。

她在床上翻來覆去半天，忍不住去翻個人頁面。

遲曜個人頁面還是空空蕩蕩的，只有那一行突兀的文字，但是林折夏刷新了一下，發現他頭貼下面不再是空白，多了一行簡潔的簽名。

『有對象，勿擾。』

林折夏從他個人頁面退出去，又去看她自己的。

她動態其實發的也不多。

偶爾和朋友出去玩，會發些吃吃喝喝的照片。

最近的一則，是她拖著行李箱站在漣雲大學門口，配了句：『入校啦。』

但她想翻的不是這些，她不斷往前滑，終於滑到了一年多前。

時間也好像順著她滑動的手指，被拉回那一年。

『二月十四日（圖片）。』

『仲夏夜的風（圖片）。』

兩則都是她高中時發的，都是僅自己可見。

曾經想做但不敢做的夢成真的感受，原來是這樣的。

林折夏對著這兩則久遠的動態看了一下，然後退出去，點開遲曜的備註。

她把「遲某」兩個字刪除，認真且鄭重地打下三個字：男朋友。

不是當初她想設置的「喜歡的人」，而是更進一步的「男朋友」。

次日。

林折夏沒睡好，瞇著眼在寢室磨蹭很久。

「妳哥哥在下面等妳，妳不下去啊？」藍小雪去學生餐廳之前問。

林折夏：「我……等一下，我找個髮夾。妳們先去學生餐廳吧。」

她有點不好意思。

畢竟之前和遲曜見面的時候，哪怕她偷偷喜歡他，兩個人也只是朋友的身分。

但是今天再見面就不一樣了。

是男女朋友。

談戀愛這件事，她根本沒有什麼經驗，想想都覺得慌張。

等等見遲曜的時候，她要怎麼說，怎麼做呢。

林折夏很想好好發揮，但很多事情總是容易適得其反，她下樓，見到遲曜的第一時間，就對他乾笑了一聲，然後說：「遲曜，你看今天太陽挺圓的。」

遲曜看著她。

「……」

林折夏持續發揮：「你好啊，一整晚不見，你還是和昨天一樣帥。」

明明昨天只是第二次牽手，遲曜像是習以為常一樣，去牽她的，只是牽到手說：「女朋友，給妳幾分鐘時間。」

「？」

「把腦子帶上再說話。」

「……」

遲曜說這種話，林折夏其實感到更加親切，而且這句話前面還有個「女朋友」作為字首，但她嘴上還是故意說：「追到手了，今天就開始辱罵我了。」

遲曜輕嗤一聲：「這不叫辱罵。」

「這叫對女友的誠懇建議。」

「……」

遲曜還是那個偶爾不做人的遲曜。

但也因為這樣，林折夏很快放鬆下來：「我覺得我昨天的確欠缺考慮，交男朋友這種事情，不是小事，我能不能先退貨再考慮一下。」

遲曜回她：「妳想得美。」

他又說：「昨天給過妳時間考慮，現在不退不換。」

吃早餐期間，兩人面對面，林折夏提要求：「你能不能再罵罵我？」

遲曜掀起眼皮掃了她一眼：「跟我談個戀愛，還不至於直接心理變態吧。」

林折夏：「……不是。」

她就是有點緊張。

「反正你再罵幾句。」

遲曜幫她倒完醋，倒也沒繼續嗆她，他抬起眼：「笨蛋？」

林折夏：「太溫柔了，凶一點。」

「白痴。」

「……這句還可以。」

「神經病。」

「可以了，」第一天當女朋友的林折夏滿足地說：「這句很真情實感。」

「……」

軍訓馬上要結束了，林折夏邊吃飯邊和他聊上學期的課程安排：「你們班課好多，還好我考不上。」

遲曜沒說話，聽她說了一下課程和寢室裡的事情，忽然說：「下週有幾部電影上映。」

林折夏：「嗯？」

遲曜：「有沒有想看的？」

她剛剛才自在一點，聽到這，又有點緊張：「這算……約會嗎？」

「不然算什麼，」遲曜往後靠，涼涼地說：「和女朋友去看電影，難道算員工旅遊？」

「……」

「那我看看預告片，」林折夏正好也吃得差不多了，放下筷子，點開手機，「一起選一下。」

她說著，習慣性點進了通訊軟體。

等她反應過來點錯軟體，遲曜的視線已經落在她手機螢幕上了。

通訊軟體沒什麼問題。

她和別人的聊天內容也沒什麼可看的。

只是……

通訊軟體裡有她昨天晚上給遲曜改的備註，貓貓頭頭貼旁邊「男朋友」三個字格外醒目。

「……」

雖然，他確實是男朋友。

但是在她沒和遲曜商量之前，自己主動改的備註意外被當事人看見，多少有些尷尬。

她說話聲音越來越低：「我，那個，昨天晚上覺得……既然我們確認了關係，所以，備註看起來也不能太生分，就隨手改了下。」

說著，她用手去遮擋手機螢幕。

「你別看了。」

遲曜倒是沒覺得哪裡不對。

戴著黑色髮圈的手腕動了下，那隻手點開自己的通訊軟體，當著她的面把「寶貝」兩個字改成和她對應的「女朋友」。

「原來妳喜歡這個稱呼，」他說：「我改一下。」

「……」

當場改情侶備註這種事，衝擊力太大。

林折夏已經想找個地洞鑽進去了。

她迴避視線，不去看他手機螢幕，遲曜屈起手指在桌面上敲了下，提醒她抬眼。

「幹嘛？」

「把妳男朋友設成置頂。」

林折夏：「啊？」

她沒有設置頂的習慣，主要是她和遲曜一直以來的聯絡頻率都很高，不用設置頂，他也總是排在最前面。

她找到「置頂」選項，在勾選之前隨口問：「那我是置頂嗎？」

學生餐廳很吵鬧，人來人往，喧嚣得很，但遲曜的聲音依舊無比清晰。

「妳一直都是。」

一直。

這個一直，是從什麼時候開始的？

等林折夏回到班級連隊，頂著大太陽站軍姿的時候，才發現她忘了問。

大概就是之前吧。

她想，可能是兩個人分開那時，遲曜怕錯過她的訊息，所以把她置頂。

第二十一章　初吻

得知林折夏要去約會，寢室裡其他人比她還要上心。

藍小雪更是提前幫她琢磨：「要不要買身衣服，然後再化個妝，妳會化妝嗎？」

林折夏：「……我不會。」

她雖然已經步入大學，但每天依舊素面朝天，已經成了習慣。而且軍訓每天在操場上曝晒，也沒有時間去學化妝。

「不化妝哪行，」藍小雪在畫眼線，從林折夏視角看過去，畫面很驚悚，她把眼皮掀起來，對著眼睛戳來戳去，「妳第一次約會，就打算這麼素面朝天的？你們幾號去看，我幫妳化。」

到了約好的那天，林折夏坐在藍小雪的位子上，像在等待上刑。

藍小雪桌上攤著一堆化妝用的工具，在幫她上底妝之前湊近看了看她的臉：「妳皮膚好細，羨慕了，我這瑕疵皮不化妝都沒辦法看。」

寢室其他幾個人坐在她對面。

林折夏身上穿了件藍小雪幫她選的裙子，緊張地說：「不用這樣坐成一排觀賞我吧……」

秦蕾：「我們幫妳搜尋了很多約會攻略，妳化妝的時候，我們念給妳聽。」

林折夏：「……」

「口香糖帶了嗎？」化妝到一半，秦蕾問。

「啊？」

「攻略上說了，接吻之前可以嚼一嚼。」

「……」

林折夏語無倫次：「我們，呃，還沒有那麼快……」

秦蕾：「這有什麼快不快的，都在一起了，不是很正常嗎。」

但她沒準備好。

而且她總覺得，遲曜也發現了，所以這些天都只是牽她的手，最多就是像確認關係那天一樣抱她一下。

化完妝，藍小雪收拾化妝包，喊她：「大美女，可以照鏡子了。」

林折夏拿起鏡子。

她這才發現，鏡子裡的人和她一直以來記憶裡的自己有了很大差別。

以前略顯稚嫩的那張臉，早就褪去了青澀。眉眼在清淡的勾勒下，更加突出少女獨有的明媚感。化妝前她的五官比較淡，妝後整張臉看起來更加醒目。

其實是好看的。

但是，她不知道遲曜會不會也覺得好看。

出發前，她傳了則訊息給遲曜。

『你們下課了嗎？』

男朋友：『下了。』

男朋友：『還有點事，妳先過來。』

這個備註已經換了快一週時間，每次這三個字跳出來，她仍舊會因此心跳加速。

林折夏回了一個「哦」。

遲曜他們科系特殊，又是全校最重點的科系，所以有一棟專門的教學大樓。

這棟教學大樓地理位置優越，落座在中央。

林折夏平時上課都是去角落裡的那幾棟大樓，今天是她第一次踏進王牌科系的教學大樓。

這棟教學大樓異常安靜，幾乎沒有班級在大聲喧嘩。

她順著臺階走上去，走到遲曜班級門口，緊張地整理了一下裙擺，然後小心翼翼地推開門。

其實他們班已經下課了，只是老師還留了課後作業，做完才能走，而遲曜又是負責收作業的，於是她推開門，看到的景象就是一群人圍著個人——被圍的那個人垂著眼，手插在上衣口袋裡，看起來困倦且不耐煩的樣子，他戴了個銀色耳釘，坐在椅子上，腿被那把椅子反襯得很長，正被其他人簇擁著。

有人在求他：「曜哥，我沒辦法交了，明天給你行不行？」

遲曜眼皮都不抬一下：「除非你得了絕症，現在得立刻趕去醫院，不然就滾回去做完交過來。」

「……」

「就真的沒一點商量的餘地嗎？」

遲曜似乎感覺到什麼，抬起眼，看向門口，然後他視線落在站在門口的女孩子身上，他壓低聲音說：「……你以為我願意在這待著？」

「少廢話，寫完交上來，」他又說：「別讓我女朋友等太久。」

他這句話說完，那群圍著他的人意識到什麼，然後齊齊將目光投向門口。

「我靠，」有人喊了一句，「嫂子好。」

林折夏本來就尷尬，這時更尷尬了：「……」

遲曜起身，把位子讓出來給她坐：「不用理他們。」

她確實也不想理。

她現在很想當個啞巴。

但是尷尬之餘，不可否認的是，被他當眾介紹的感覺……還挺好的。

這樣，其他人就都知道他有女朋友了。

應該也不會再有人送什麼亂七八糟的巧克力給他了吧。

在等待的中途，林折夏打開手機軟體，坐在那裡安安靜靜背單字。

背了一下，她忍不住問：「你沒覺得我今天有什麼不一樣嗎？」

遲曜視線落在女孩子刷過的睫毛上，故意說：「哪裡不一樣？」

「……你瞎了。」她說。

「我今天眼力是不太好。」

林折夏不想再理他，繼續背單字，還沒背兩個，又聽他說：「看見了，今天化妝了。」

遲曜嘴裡難得會有一些正面回饋，但他今天說得很認真：「很漂亮。」

林折夏抿了下唇，把那點欣喜壓下去：「也還好吧，畢竟我這個人就是這麼天生麗質。」

離電影開場還剩半小時，遲曜總算收完作業。

他這個人在國高中時代雖然成績優異，但幾乎不怎麼擔任班級幹部。

以前林折夏問過他原因，他只說「麻煩」。

她想了想，覺得也是。

這個人本來就不好相處，管不了別人，也不想管別人。

但大學時候的遲曜不太一樣了，那一年多時間，好像讓他變成了一個更加「可靠」的人。

雖然——

他收作業的態度，也還是很惡劣。

「我們現在過去時間應該剛好，」林折夏和他一起往大學城電影院走，「對了，你是你們班班長嗎？」

遲曜：「算是吧。」

林折夏：「你居然願意當班長。」

遲曜：「分數太高，推託不掉。」

「……」

林折夏在他們系裡成績中游，理解不了學霸的世界。

兩人走的這條路比較窄，所以林折夏走在前面，走到一半，遲曜提醒她：「妳是不是忘了什麼。」

「什麼？」

「手。」

「噢。」

林折夏放慢腳步，去牽他的手。

在碰到他手的瞬間，遲曜反手扣住。

林折夏忍不住喊他：「遲曜。」

「？」

「沒想到，」她慢吞吞地說：「你談起戀愛，那麼黏人。」

遲曜冷笑：「男女朋友走路不牽手，妳是找了個路人，跟他一前一後散步嗎。」

林折夏：「注意你的言辭。」

雖然她覺得遲曜這樣說話，她也更自在點。

但不代表，她不會被遲曜氣到。

「你之前追我的時候，很溫柔的。」

她又想到那段時間「反常」的遲曜，最後故意嘆了口氣：「這可能就是男人吧。」

遲曜動了動手指，捏了下她纖細的手指骨節。

「那不叫溫柔。」他說。

林折夏一時沒反應過來他話裡的意思。

說話間，電影院到了。

遲曜鬆開她的手去排隊取票，讓她找個位置等他。

在排隊取票間隙，他低下頭，一邊找取票碼一邊在心裡認輸般地說，那時只是太鄭重其事了而已。

因為太在意。

也因為眼前的這個人太過珍重。

所以語言好像會跟著退化一樣，想不出精美的詞句，想不到悅耳動聽的話語，也做不到像平時那樣自傲。在面對她的時候，言語只能退化至最簡單的初始模式。

退化成「我喜歡妳」這四個平平無奇的字。

林折夏站在旁邊等他取票。

她其實和遲曜看過很多場電影，從小到大，電影院裡的熱門電影都是他們一起去看的。

但最特殊的，只有兩次。

一次是情人節，另一次就是現在。

誤打誤撞和遲曜一起過情人節那次，她甚至還在檢票時，因為發現遲曜和她的座位靠著而偷偷高興。

「拿著，」遲曜取了票，把其中一張給她，「六排十號，在中間。」

林折夏接過票。

那時候的她，根本沒想過將來會有這麼一天，她能和遲曜正大光明地看一場「情侶電影」。

他們選的電影就是一部很常規的商業片，票房和口碑都不錯，是近期大熱門。

其實看什麼電影不重要，重要的是今天是他們第一次正式約會。

遲曜在取票的時候還買了可樂和爆米花給她。

他一隻手拎著零食袋，一隻手把票遞給檢票員。

林折夏像高中的時候一樣，緊跟著他檢票。

檢票員撕下票根，指路道：「三號廳——進去直走左轉第二間。」

只是和高中的時候不一樣的是，在她檢完票之後，遲曜又牽住了她的手。

就像她那時候期待過的那樣。

十指相扣。

兩個人的手緊緊纏著。

遲曜掌心的溫度跟著傳到她手上。

「發什麼愣，」遲曜牽著她往前走，「看路，別又走錯了。」

聽到這句話，林折夏腳步頓了下。

她本來以為高中時候的那場小意外，只有她自己一個人記得。

畢竟那其實是一件很小的事情，一件在漫長的歲月長河裡，不該被這樣記住的小事。

她愣了下問：「你怎麼還記得……我當初走錯路的事。」

遲曜反問：「我會記得，很奇怪嗎？」

「……」

倒也不是很奇怪。

他可能只是單純的記憶力比較強。

果然。這人下一句就是。

「跟某個白痴女朋友不一樣，」遲曜輕描淡寫地說：「我記性好。」

「……」

她不想說話了。

兩人走進三號廳，剛坐下，遲曜把爆米花桶塞進她手裡，廳裡的燈光剛好暗下來。

影片正式開始。

哪怕已經確認關係，林折夏這次和他一起看「情侶電影」的狀態也不比上次好，她還是花了十幾分鐘時間才進入看電影的狀態，認清了幾名主演誰是誰，故事開局他們在幹什麼。

她一邊看，一邊往嘴裡塞爆米花。

塞到一半，她想起來旁邊還有個人：「你要不要吃？」

遲曜側過頭，半晌，伸出手。

但他的手伸向的方向並不是爆米花桶，而是她嘴邊。

林折夏剛從桶裡掏了粒爆米花，剛塞到嘴邊，輕輕咬了下，那粒貼著她嘴唇的爆米花就被那隻橫著伸過來的手奪走。

「……」

她的臉騰地一下紅了：「我剛……」咬過。

遲曜卻不在意，甚至還評價了下：「比上次甜。」

「明明味道都一樣，」她抱著爆米花桶，剛才好不容易記住的電影劇情又被他打亂，視線再飄到大銀幕上，已經看不懂主角現在在幹什麼，「你就不能自己拿嗎，非要搶我的。」

遲曜已經收回手，他往後靠了下，無所謂地說：「我有病，妳送我去醫院吧。」

「……」

說不過，林折夏打算忽略這個話題。

反正他們現在的關係，他吃一口她咬過的爆米花，好像也沒什麼。

遲曜沒打算略過這個話題，淡淡地催她：「吃快點。」

林折夏心煩意亂：「幹什麼，電影院有規定爆米花必須在這段時間內吃完，不然會被報警抓走嗎？」

「有沒有人報警抓妳我不清楚。」

遲曜說著，藉著電影院微弱的燈光，把手伸到她面前，手腕搭在椅子中間的扶手上，從林折夏的視角看過去，只能看到隱約的手臂輪廓——

「我只知道，妳不趕緊吃完，我沒辦法抓妳。」

林折夏手裡那桶爆米花直到電影過去一半，才勉強見底。

遲曜的視線明明一直都在大銀幕上，卻好像時刻在監視她一樣，在她放下爆米花之後，手指屈起，在扶手處敲了敲：「吃完了？」

「……」

「你到底有沒有認真看電影啊，」林折夏用濕紙巾擦了擦手，「怎麼滿腦子都是……」

「都是什麼？」他問。

她的聲音因為不好意思而變低：「牽手。」

遲曜倒是很坦然，他等半天沒有等到林折夏主動來牽他的手，於是又將手臂伸過去一些，去抓她的手：「說得不太準確。」

「？」

「我滿腦子，不只牽手。」

「……」

林折夏手指僵了下。

想喊「流氓」，但是這兩個字到嘴邊，又沒有勇氣說出來。

大銀幕上，電影內容進展到高潮，主角團逐漸開始逆風翻盤。

林折夏盡量忽視遲曜剛才說的話，繼續投入電影劇情裡。

奈何身邊這個人看電影看得似乎不太認真，少年一隻手撐著下顎，另一隻手牽著她的手，時不時還會去捏下她的手指骨節，來提醒她「他們現在在牽手」這個事實。

這就導致林折夏每次剛投入進去，被他捏了兩下，又立刻出戲：「……」

「我不想跟你牽了，」她忍無可忍，「你在影響我看電影。」

遲曜完全沒有要鬆手的意思：「妳看電影，用手看的？」

林折夏：「……」

遲曜：「還是我捂著妳眼睛了？」

都沒有，但就是很影響。

林折夏找不到更加正式的理由，最後只能說：「那你別……別老是亂動。」

她話剛說完，遲曜一個手勢牽膩了，手指從她指縫裡緩緩抽出來，然後換了個姿勢，把她的手攥進掌心裡。

林折夏放棄了。

她感覺和這個人，應該是說不通。

最後她也沒看懂這部電影到底講了什麼，連故事發展都看得斷斷續續的，散場後她把爆米花桶扔了，跟著人流走出去。

電影院本身就開設在商場裡，這家商場也是大學城最大的一家商場。

她和遲曜走到電影院門口，遲曜問她晚飯想吃什麼。

林折夏隨便選了一樣，主要是她和遲曜站在電影院門口，關注度有點高，她迫不及待想找個地方躲一躲：「就對面那家餐廳吧，環境看起來還行。」

說完，她又指責：「你太招搖了。」

遲曜：「？」

林折夏：「好多人都在看你，你下次跟我出門的時候戴個口罩吧。」

遲曜：「妳覺得合適嗎。」

林折夏：「我覺得還可以。」

「但我覺得……」他說話時尾音拖長了一點，「戴口罩不太方便。」

林折夏隱約覺得這句話意有所指，但是乍一聽，又沒聽出哪裡不對。

畢竟戴口罩確實是不方便。

看手機人臉辨識的時候不方便，呼吸也不便。

對面那家餐廳需要候位，商場人流量大，周圍那麼多學校的學生傍晚下了課都來這裡聚餐，所以比其他地方都更熱鬧。

林折夏想背單字打發時間，但是手機拿出來發現快沒電了。

她剛把手機塞回去，遲曜在旁邊把他的手機遞了過來：「密碼還是那個，自己輸。」

林折夏接過他的手機，愣了下：「哦。」

「不過，」她說著，輸入那串爛熟於心的密碼，「你手機裡也沒有我要用的軟體……」

她剛說完，手機螢幕成功解鎖，主頁第一個APP圖示就是那個她常用的背單字軟體。

而且，她不光意外看到了背單字軟體，她還看到了手機背景畫面，是她的照片。

她那年十八歲過生日時，蹲在繡球花旁邊，被遲曜拍進去的「風景照」。

林折夏：「你果然拍到我了——你當時還說是風景照，風景照裡明明有我。」

遲曜隨口說：「不小心拍進去了，妳要是不樂意，就把自己摳出來。」

林折夏：「……」

這個人還挺了解美顏軟體。

不光知道P圖，還知道摳圖。

林折夏仔細去看這張照片裡自己的側影，其實比起被遲曜拍進去，她更介意自己有沒有被他拍醜。

畢竟誰都不希望，自己在喜歡的人的手機背景畫面裡以「醜照」的形式出現。

「我看看你拍得怎麼樣，」她說：「要是不好看，我就把自己摳了。」

但出乎意料的，遲曜的拍照技術居然還不錯。

甚至拍得比她個人頁面裡自己發的一些照片還好看。

半晌，遲曜問：「拍得怎麼樣？」

林折夏別開眼：「還行吧，勉強允許你把我拍進去了。」

「不過你怎麼會有這個軟體，」她在點開背單字軟體之前問，「你們系又不學這個。」

說話時，有群人試圖從旁邊擠進來，要橫穿過隊伍。

遲曜拽著她的手臂，把她往自己這邊拉了下，說：「我女朋友的系學這個。」

「……」

前面排隊的人變少了。

林折夏跟著服務生進去找座位的時候想，這人真的是第一次談戀愛嗎。

不然怎麼……那麼熟練啊。

她帶著這個問題，吃飯的時候一直在觀察遲曜的一舉一動。

她發現遲曜是真的很熟練。

熟練地把她愛吃的那幾樣菜特地推到她面前，見她不怎麼動筷子，還問她是不是覺得不好吃。

「沒有，」她搖搖頭，目光落在他手腕上的黑色髮圈上，說：「挺好吃的。」

「胃口不好？」

「胃口也還不錯。」

她又說：「你別問了，反正不是菜的原因。」

過了一下，林折夏還是忍不住旁敲側擊，用一種很隨意的口吻試探：「你高三的時候，除了照顧白阿姨，還幹了什麼啊？」

遲曜用一種回答白痴提問的語氣，說：「上學。」

「……」

「我當然知道你在上學，」林折夏追問，「還有沒有別的事情？」

遲曜：「吃飯，睡覺，呼吸。」

「……」

「除了這些。」

林折夏把話題點明，「你當初跟我打過勾勾的。你在京市，沒有背著我偷偷談過戀愛吧？」

遲曜扯了下唇：「妳以為我一天有四十八個小時嗎，還能抽出時間談戀愛。」

林折夏：「那誰知道，萬一你忙裡偷閒，就是談了呢。」

不然怎麼跟她談戀愛的時候，談得那麼專業。

她都沒想過要把他們科系的東西提前下載到自己的手機裡，然後再找個出其不意的機會，讓對方感動。

這也太有手段了。

沒談過好幾次戀愛，都想不出的那種手段。

遲曜反問她：「妳覺得我談了？」

林折夏一邊吃飯，一邊慢吞吞地點頭：「不是沒這個可能。」

「本來想瞞著妳，」他放下筷子，抬眼看向她，輕嘆一聲，「沒想到被妳發現了，那我就實話實說，其實我高三談了一百多個。」

林折夏認認真真地算了一下：「一共三百六十五天，你平均三天換一個女朋友啊？」

遲曜被她數指頭算數的樣子氣笑了：「林折夏。」

「這妳都能當真，妳腦子是什麼做的。」

「……」

她這才反應過來，遲曜剛才完全是在開玩笑。

「也不能怪我吧，」她自言自語地說：「你這張臉，三天換一個也不是不可能。」

遲曜沒聽清她自言自語在嘀咕什麼。

只是收起戲謔和玩笑的態度，認認真真地看著她說：「沒談過。」

「妳是第一個。」

這頓飯最後一道菜上的是甜點。

「檸檬奶凍，」服務生上菜時介紹，「請慢用。」

遲曜不愛吃甜的，最後這道甜點都進了林折夏的肚子。

中途林折夏手邊的手機震了兩下。

她正要去看，想起來這是遲曜的手機：「有人傳訊息找你。」

遲曜不甚在意：「妳看一下是誰。」

林折夏按下密碼解鎖：「何陽。」

聽到這個名字，遲曜說：「不用管他。」

林折夏吃太撐，腦子一下沒轉過來，老老實實對著聊天畫面打字回覆：『遲曜說不用管你。』

何陽：『…………』

林折夏：『……呃，不好意思，你能當沒看見嗎，我收回一下。』

她正想著要怎麼解釋現在的局面，何陽那邊反應很快：『夏哥？』

林折夏：『嗯啊，是我。』

林折夏：『你怎麼一下就猜到了？』

何陽：『呵呵。』

頂著遲曜那個貓貓頭發言的感覺很奇妙，她打字補充：『反正話是他說的，我只是轉達，你要記恨就記恨他吧。』

何陽：『無語。』

何陽：『想刪好友。』

何陽多半猜到兩個人待在一起，而且還是一方在用另一方手機這種曖昧的情況。

但他現在的人設是一個不知情的無辜青梅竹馬，於是順口又問了句：『你們怎麼在一起？居然不帶上我。』

林折夏不知道怎麼回覆。

其實按照常理來說，她現在和遲曜在談戀愛，完全可以光明正大地告訴他「我們在一起了」。

但可能是因為面對的人是何陽，是跟她和遲曜一起長大的何陽。

關係太近，反而不知道怎麼開口。

如果說她和遲曜在一起了，應該會嚇到他吧。

林折夏還沒想好具體該怎麼說，但是手比腦子快一步，模稜兩可地回過去一句：『就是在一起吃晚飯，下次請你。』

何陽回覆：『行，這頓飯我記著了。今天這仇我也記著了。』

「說了不用管他，」遲曜看她聊了半天，問，「妳跟他聊什麼？」

林折夏回完訊息，關上螢幕：「沒什麼，就是他問我們是不是在一起，我說我們在一起吃飯。」

飯後結完帳，兩人順著來時的路回去。

電梯需要轉個彎，經過一條很長的長廊，長廊盡頭有扇半掩著的門，是個祕密通道。

林折夏隱約覺得這個布局很眼熟。

但具體哪裡眼熟，她又說不上來。

好像很多地方都是這樣布置的吧，比如說商場或者飯店。

來等電梯的人很多，林折夏想起來有句話忘了跟他說，於是晃了下遲曜的手：「你彎一下腰，我有話跟你說。」

遲曜不明所以。

但還是彎下腰，向她的方向靠了下。

林折夏踮起腳尖，湊在他耳邊，飛快地說：「你也是第一個。」

第一個男朋友。

第一次談戀愛。

也是她，從暫時還不懂什麼是喜歡開始，就第一個喜歡上的人。

遲曜顯然沒想過之前餐桌上的話題還會有後續，也沒想到她讓他彎下腰，是要和他說這個。

他怔愣過後，腳步停住，沒再往前走。

林折夏正想問「怎麼不走了」，下一秒，她不受控制地，被他牽著拽進旁邊的祕密通道裡——

電梯外面的人還在等電梯，很多紛雜的聲音透過祕密通道那扇半掩的門傳過來。

外面人來人往。

她後背抵著牆，整個人被遲曜按在懷裡，和外面的人群只有一扇門之隔。

遲曜說話的聲音離她很近，他聲音放低，帶著某種蠱惑的意味：「……知道戴口罩的話做什麼事，會不太方便嗎？」

林折夏腦子裡愣了一下。

然後所有思緒都指向那個唯一的答案。

再然後，她開始後悔——她應該帶口香糖的。

她後知後覺地發現，她和遲曜現在身處的位置和姿勢，和高二那年她去海城市把他拉進祕密通道裡，送幸運符給他的時候很像。

遲曜低下頭，向她靠近，少年脖頸臣服似的低下，喉嚨微動，隨著靠近，他身上某種熟悉的、彷彿刻在她記憶裡的洗衣粉味也跟著飄過來。

「要不要試著……」他的聲音無比曖昧地泯滅在她唇齒間，「跟妳男朋友接個吻。」

遲曜的吻和他這個人很像。

落下之前帶著壓迫感，但在真正觸碰上的剎那，又變得很溫柔。

他的唇小心翼翼地貼上她的。

林折夏心跳停了一拍，不知道該做什麼反應，直到遲曜提醒她：「閉眼。」

她閉上眼。

所有感官被放大，祕密通道外面的聲音也逐漸消失。

唯一剩下的，只有對方唇上傳來的溫熱感受，還有接吻到一半，對方變本加厲的輕咬。

他像在標記領地一樣，細細地碾著她的唇。偶爾會輕輕咬一下，很快又鬆開。

好在剛才最後一道菜是道甜點。

林折夏嘴裡的檸檬奶凍味一點點被對方捲走。

「嚐到了。」遲曜鬆開她時說。

林折夏睜開眼：「……什麼？」

遲曜抬手，指腹抵在她紅潤的唇邊，以一種很曖昧的方式替她擦拭：「剛才那道甜點。」

林折夏感覺自己是一路飄回寢室的。

她換下裙子，跟藍小雪借了卸妝水，對著洗漱間裡的鏡子一點點把底妝卸了。

手捏著化妝棉順著鼻梁往下，即將落在嘴邊的時候，她手頓了下，然後耳根又紅起來。

別再去想了。

不就是……親了一下嗎。

等她洗完臉出來，寢室已經熄燈。

黑暗剛好藏匿她所有情緒，在藍小雪睡前問她「今天約會怎麼樣」的時候，她故作鎮定地回答：「還行吧。」

藍小雪八卦地問：「妳哥哥親妳了嗎？」

「……」林折夏還是強裝淡定，「親了，但我沒什麼太大感覺。」

藍小雪：「可以，出息了。」

結果那個嘴裡說著沒太大感覺的人，上了床之後，半天沒睡著。

她將被子往上拉，蓋過鼻尖。

輾轉反側之後，她翻開手機。

手機在商場裡充了半格電，她點開貓貓頭，拍了一下遲曜的頭貼。

遲曜很快回覆。

男朋友：『還不睡？』

林折夏才不想說自己睡不著，她找了個藉口：『有點認床。』

然而她這位男朋友專門拆她臺：『妳認床認得挺突然。』

林折夏：『哪裡突然？』

男朋友：『前一陣子聊一半就睡得像豬。』

林折夏：『……』

這人怎麼這樣。

就不能給她留點面子嗎？

林折夏和他聊著，倒是有些睏了，在睡之前，她最後傳出去一句：『我第一次親男生，晚上有點緊張也是正常的，而且你不也是第一次？』

然而就在她快要睡過去之前——

她看見遲曜傳過來一句。

『我可不是第一次。』

「妳一晚沒睡啊？」次日，藍小雪發覺林折夏精神狀態不對，「看起來很疲憊的樣子。」

林折夏一邊刷牙，一邊悶悶地回答：「我在想事情，昨晚沒睡著。」

她腦子裡還在想遲曜那行字。

他說他不是第一次。

大家都是第一次談戀愛，他卻不是第一次親女生。

那他之前親過誰？什麼時候親的？

在京市的時候嗎？

藍小雪很敏銳：「熱戀期不應該啊，你們這個階段不應該只負責甜甜蜜蜜嗎，這麼快就有煩心事了。」

林折夏沒否認。

藍小雪：「怎麼回事？說出來聽聽，可能是妳瞎想呢。」

「我沒有瞎想。」

遲曜自己傳的訊息。

那行字她翻來覆去看了好幾遍，不會有錯。

藍小雪以為他們之間發生的就是一些情侶間常見的小事，勸道：「哎呀，談戀愛是這樣的，總會遇到很多問題，以前你們是無話不談的好朋友，現在是男女朋友，總會有些矛盾。妳只是還不習慣這個身分。」

「可是……」

林折夏「可是」了半天，最後說：「可是我覺得他是個渣男。」

藍小雪：「？！」

這天很巧合的是，遲曜他們科系有事。

於是兩個人從早上到中午一直都沒機會碰面。

林折夏昨天晚上裝自己聊著聊著睡著了，沒有直接回覆他那句話，半天下來魂不守舍。

「別想了，我們中午去小吃街買東西吃，男人這種東西，沒什麼可琢磨的，」中午下課後，藍小雪拉著她和其他室友一起往小吃街走，「等妳晚上和他見了面，直接問他唄。」

林折夏暫時把這件事擱置下，跟著她們去小吃街逛逛。

大學城小吃街最近在舉辦活動，辦了一個「美食節」專場，各商家想出了不少五花八門的攬客計策。

林折夏跟著她們買了點東西吃，在捧著一杯椰子汁悶頭往前走的時候，意外撞上了一個人。

「不好意思。」

林折夏後退兩步，先去確認自己那杯椰汁有沒有倒在對方身上，然後才抬起頭——女生，長頭髮，很溫婉，穿了件白色的裙子。

她笑吟吟地，五官和高中時候差不多，只是看起來變得比那時成熟很多，耳朵上打了耳洞，戴著很素的耳墜。

林折夏在記憶裡翻找出她的名字：「沈……珊珊？」

沈珊珊彎起眼：「林折夏，好巧啊。」

「妳在這裡上學嗎？」林折夏問。

「嗯，」沈珊珊回答，「我讀漣醫大，妳呢？」

「我在漣大。」

林折夏回答後，覺得她可能會想知道遲曜的近況，又補了句，「遲曜也在漣大。」

聽到這個高中時代暗戀過的人的名字，沈珊珊愣了一下。

但遲曜這兩個字，離她已經很遠了。

「他在哪個學校不重要，我已經不喜歡他了，」沈珊珊又笑了下，釋然地說：「我今天更開心的，其實是在這裡遇到妳。」

「……不喜歡了？」林折夏倒是感到意外。

「嗯，很奇怪嗎，本來可能也不能算是真正意義上的喜歡。我轉學之後才突然發現，其實我一點都不了解他，與其說是喜歡他，不如說是喜歡自己幻想中的他吧。」

不過說到遲曜，沈珊珊還是很感慨，只是現在比起對一個喜歡的人的感慨，更多的是對曾經高中時代的感慨：「但我還是很感謝他，如果不是他，我高中那時可能不會那麼拚了命的去念書。」

林折夏心說，這樣算的話，那遲曜這狗也算做了件好事。

談話間，藍小雪她們叫她，林折夏轉頭應了一聲。

沈珊珊：「妳朋友們在等妳，妳先去吧，下次妳可以來漣醫大找我，我帶妳逛逛我們學校。」

林折夏點點頭：「妳也可以隨時來找我。」

在林折夏走之前，沈珊珊又想起什麼似的，忽然叫住她：「欸——對了。」
「我偷偷八卦一嘴，遲曜和他高中時候喜歡的女生在一起了嗎？」
這句話每個字她都聽得懂，但是連起來，卻讓人弄不清。
遲曜，高中時候，喜歡的，女生。
林折夏怔愣：「啊？」
沈珊珊：「我當初不是在海城市和他表白嗎，那天他拒絕了我，但是他和我說了一句話。」
過去快兩年時間，回憶開始褪色。
沈珊珊記得那天的海很藍。站在她面前的遲曜聲音艱澀。
她也是很突然地，在這一刻想起來「而且我」三個字後面是什麼。
遲曜當年那串話說得很快，快到讓人聽不清，幾乎以為是錯覺的話是：而且我有喜歡的人了。
林折夏揮別沈珊珊，走回藍小雪身邊，整個人還處於一種很飄忽的狀態。
她捧著椰子水，一路撞上好幾個人。
藍小雪伸手，在她面前揮了好幾下：「喂，妳怎麼了？」
林折夏回過神：「……沒什麼，就是這裡人太多了，有點擠。」
藍小雪沒多想：「好吧，那妳抓緊我，別走散了。」

逛完小吃街之後，林折夏一個人回了寢室。

他們系下午沒有課。

回去之後，林折夏在寢室裡做課後作業，順便和林荷還有以前高中的那幫朋友講了幾通電話。

林荷叮囑她：『自己一個人照顧好自己，雖然遲曜和妳同個學校，但平時也少麻煩他，大學生了，首先要學會的就是獨立自主。』

林折夏現在聽到「遲曜」這兩個字就心臟一緊：「知道了。」

她又和陳琳還有唐書萱聊了一下。

她們兩個人沒有留在本市，去了隔壁市念書，很巧地，考進同學校同一科系。

所以林折夏電話撥過去，剛被陳琳接起，旁邊就傳來唐書萱的聲音：『哈囉，夏夏。』

「嗨。」

「真羨慕妳們，」林折夏打起精神說：「居然住同一間寢室。」

唐書萱笑笑：『妳不也和遲曜同個學校嗎？』

又是遲曜。

她今天因為這個人心煩意亂，卻好像走到哪裡都逃不開這個名字。

林折夏下意識脫口而出：「別提他了。」

唐書萱：『怎麼了，你們又吵架啦？』

林折夏模稜兩可：「算是吧。」

『沒關係，兄弟之間，』唐書萱繼續說：『沒有隔夜仇。』

「……」

幾人聊了下近況。

唐書萱沒有考進學長在的那所學校，現實總有這樣那樣的阻礙，那份學生時代的暗戀只能變成回憶。她和沈珊珊的心態很像，真走到岔路口，反而把對方放下了。

陳琳每天熱衷衝浪，在感情方面依舊一竅不通。

林折夏想跟她們彙報「我和遲曜在一起了」，但是這句話卡在喉嚨裡，遲遲說不出口。

等掛了電話，她對著面前的課本，後知後覺地想：其實除了怕嚇到她們以外，還有一個她潛意識一直迴避的原因。

是她一直不能確認遲曜對她的喜歡。

遲曜追她，對她表白，和她一起做很多情侶之間的事情，她更多的是一種被驚喜砸中、美夢成真的感覺。

但她又怕，這只是一場「美夢」。

所以昨天在餐廳，她回覆何陽訊息的時候也猶豫了。

她總是忍不住問自己，遲曜為什麼會喜歡她呢？

在兩人重新相遇之前，他們一直都是對方最好的朋友。

可是重遇之後，遲曜對她的態度發生了改變。

不可否認的是，這種改變，她是喜悅的。

可是這份喜悅不能深究。

遲曜為什麼會喜歡她？

又或者，這個問題應該演變成，遲曜是真的喜歡她嗎？

林折夏翻著兩人昨晚的聊天紀錄。

——你不也是第一次。

——我可不是第一次。

然後，沈珊珊的話又再度在耳邊響起。

——他高中的時候有個喜歡的人，當初在海邊拒絕我的時候，他自己親口說的。妳也不知道嗎？我還以為妳和他關係那麼好，會知道呢。

林折夏想去問他，但是很快又放下手機，怕親手戳破這場美夢，她嘆了口氣想：他果然是個渣男吧。

高中的時候裝得那麼生人勿近。

結果背著她，有個喜歡的人。

說什麼他也是第一次談戀愛。

結果也根本不是第一次親女生。

林折夏知道自己不應該這樣去想他，因為她和遲曜除了男女朋友關係，還是朋友，是兄弟，是相伴多年的很重要的同伴。

她不應該這樣去想他的。

但是，和遲曜成為男女朋友原來是一件這麼奇怪的事情。

以前她覺得自己是最了解遲曜的人。

現在卻開始覺得，她好像開始變得不了解遲曜了。

她開始控制不住地胡思亂想。

林折夏最後強行讓自己放下這些念頭，她認認真真做完作業，又回床上睡了一覺。

夢裡，她回到了她和遲曜高中的時候。

只不過這次夢裡的遲曜變成了「渣男」，在學校裡左擁右抱。

不再是以前那副不可靠近的模樣，而是坐在一班教室裡，穿著校服，懶散地坐在教室後排，同時談好幾個女朋友。

「我要跟你絕交，」林折夏看著夢裡的她背著書包，氣衝衝地對「渣男」遲曜說：「我沒有你這樣的朋友！」

遲曜態度冷冷的：「我怎麼樣了。」

林折夏半天憋出一句：「你……你對待感情太不認真了。」

「嘀——」

手機鈴聲響起，林折夏的夢被鈴聲打斷。

她睜開眼，這才發現外面天已經黑了，她居然睡了那麼久。

是遲曜的電話。

她猶豫了一下，接起來。

「喂。」

電話那頭問：『在幹什麼？』

林折夏老老實實地說：「我剛睡醒。」

遲曜的聲音和夢裡的一樣：『妳男朋友被拉出去喝酒了，給妳半小時時間，過來接我一下，不然萬一喝多，容易被別人撿走。』

林折夏從床上爬起來，問：「你們在哪喝，學校後街嗎？」

遲曜在電話對面「嗯」了一聲。

「你喝了多少啊，」她又叮囑說：「少喝點。」

遲曜說話時聲音變得繾綣且曖昧，聽起來已經喝了不少，他居然用一種向她「告狀」的方式說：『他們灌我。』

「灌你你就喝嗎，平時怎麼沒見你那麼好說話。」

『啊，』遲曜拿著手機，酒意上湧，『……他們要第一個脫單的喝。』

他又說：『找對理由，我還挺好灌的。』

林折夏在睡前還在反覆琢磨遲曜可能不喜歡她，可是對著電話，又開始忍不住想，遲曜或許是真的喜歡她。

她無法處理這種又矛盾又反覆的心情，最後只能掛斷電話，收拾了一下準備出門去接他。

後街還是一如既往的熱鬧。

天剛暗下去沒多久，附近幾所大學的學生便蜂擁而至，到處占位置。

中央花園邊有人抱著電箱和吉他，在露天演奏。

那男生戴著頂鴨舌帽，看模樣是學生，大概是愛好音樂。

他面前圍了一小圈人，有人在舉手機錄影。

他彈的是一首很慢的情歌。

林折夏跟著音樂，一路穿過這些人群，然後一眼在某家露天酒館的角落裡看到了遲曜的身影。

她其實還沒見過遲曜喝醉酒的樣子。

以前他們每天都被老師和家長管束，根本沒機會喝酒。

正在她想像遲曜喝多了會是什麼樣子的時候，她走過去，看到那桌其他人已經走了，只剩下他一個人。

少年穿了件黑色休閒衣，大概是周圍投來的注視太多，他把身後連著的寬大帽子拉了起來，帽沿垂下，蓋住半張臉，只能窺見他半截下巴和高挺的鼻梁。

林折夏走到他面前，問：「你還認得出我是誰嗎？」

遲曜抬眼，見是她來了，整個人鬆下來一些：「我是喝多，不是失憶。」

林折夏主動向他伸出手：「走吧，今天就由大哥送你回去。」

喝多了之後的遲曜格外好說話：「哦，謝謝大哥。」

他起身之後，抬手按了下額頭，走第一步的時候晃了一下。

林折夏本來以為他應該是沒喝多，不然怎麼還能坐在角落裡特地替自己凹個造型，等到他站起來之後才發現他確實被灌了不少。

「你喝了多少啊？」她問。

「沒數。」

「你們寢室脫單都要被灌嗎？」

「嗯。」

「這個習慣不太好，下次別喝了。」

「……」

林折夏拉著他，走到人少的地方。

她藉著路燈燈光，發現這是上次遲曜第一次牽她手，然後她藉著酒意，問他「為什麼別人都以為她是他女朋友」的那段路。

重回這裡，她的身分和心情已經不一樣了。

明明今天喝酒的人是遲曜，但或許，這段曾經吐露過心事的路給了她一點奇妙的勇氣，她走在前面，很輕地說了一句：「遲曜，你為什麼喜歡我呢？」

「有那麼多喜歡你的女生，很多女生都比我優秀，」林折夏說到這裡，想到中午遇到的沈珊珊，「為什麼是我？」

她說到這，察覺到遲曜的手指倏地繃緊了。

但她沒有管，也沒有勇氣回頭看他。

自顧自地繼續說：「你真的喜歡我嗎，還是，只是因為我們認識的時間太久了，可能讓你產生錯覺——」

身後傳來兩個字，遲曜的聲音依舊很冷，透著酒意，反問她。

「錯、覺？」

林折夏還是沒有回頭，她怕自己如果回頭看他的話，後面的話就說不出口了。

儘管很不想說出口，她還是忍著美夢可能會破碎的後果說：「就是錯覺，誤以為這是喜歡的錯覺。」

「你對我的喜歡好像很突然，你說要追我，也很突然。」

「所以，你很可能沒有分清對我是什麼樣的感情，」林折夏說出自己的猜測，「可能是我們中間分開過，所以你誤以為，你不想跟我分開的這種心情，是喜歡。」

她想說，喜歡不是這樣的。

喜歡一個人的心情，是很珍貴的。

就像她喜歡他一樣。

他可能弄錯了。

林折夏說到這裡，眨了下眼睛，不知道為什麼有點想哭，她停頓了下：「你……你要不要再好好考慮一下我們之間的關係？我不是在跟你開玩笑，我是認真的。」

「反正……趁現在大家還不知道我們在一起了……」

她說到這裡，已經不受控制地沾上一點哭腔。

遲曜打斷了她的話。

他冷聲喊她：「林折夏，轉過來。」

林折夏飛快地抬手擦了一下眼睛，然後慢吞吞轉過身，但還是不敢去看他。

遲曜抬手，指腹掐著她的下巴，很想用力，但最後還是控制住了力道，迫使她抬起頭看自己：「為什麼會這麼想？」

林折夏撞進那雙深不見底的眼眸裡。

遲曜的眼角微微上挑，平時看人的時候有種不自知的肆意和挑釁意味，此刻卻很沉地壓下，讓人看不清。

「我會這麼想不是很正常嗎。」

她察覺到遲曜好像生氣了，鼓起勇氣說：「因為我們以前一直都是好朋友。」

「因為……我們認識太久了，在一起的時間也太久了。」

「還因為……」她艱難地把剩下的那個原因說出口，「你親過別的女生，而且高中的時候，也喜歡過別人。」

遲曜幾乎被她氣笑了。

他手上力道加重了些，俯下身，跟她離得更近，兩人的鼻尖幾乎抵在一起，呼吸互相纏繞：「我不是第一次親女生，就代表我親的是別人嗎。」

「妳就沒有想過，第一次親的那個人也是妳。」

「高中時候喜歡過的人，也是妳。」

第二十二章 公開關係

妳沒有想過會是妳嗎。

沒有想過我親過的人，喜歡過的人，都是妳嗎。

林折夏被這幾句話砸得愣在原地。

「你……親過我？」

林折夏大腦空白一瞬，然後才緩慢地重新運轉起來：「什麼時候，我怎麼不知道。」

有群人從後街成群結伴地走過來，嬉笑聲漸近。

但是這些人的聲音彷彿隔著層無形的屏障，林折夏耳邊只能聽到遲曜的聲音。

少年低冷的聲音說：「我走的那天。」

林折夏的記憶跟著他這句話穿越回一年多前。

那天她叮囑林荷一定要叫醒她，但還是在床上睡過頭，等她昏沉醒來，遲曜已經走了。

她對那天的印象，只剩下空蕩的房間。一個空蕩的午後。

「妳發燒，躺在床上，我沒叫醒妳的那天。」

遲曜說著，鬆開掐著她下巴的手。

他本來想藉機告訴她，他早就喜歡她了，沒想到這個人胡思亂想，還讓他重新考慮一下他們之間的關係。

聽到是這天，林折夏更愣了：「你趁我睡著，偷親我？」

遲曜沒有半點不好意思地應了一聲。

她花了一點時間，消化完這兩件事之後，又問：「你親哪裡？」

「額頭。」

「……」

「妳好像很失望？本來想親其他地方，」遲曜頓了下，「想想還是算了。不太好。」

畢竟沒有確認關係，不明不白的，占人便宜。

而且他那天太緊張了，小心翼翼地，根本捨不得碰她。

林折夏有點生氣：「誰失望了，我譴責你還來不及呢，你也知道不太好？」

遲曜：「嗯，我最後殘存了一點良知。」

「……」

林折夏更生氣的，是她和遲曜之間的「初吻」，居然發生在她睡著的時候。她一點印象都沒有。

那麼重要的一件事。

而她，完全，不知情。

「你親我的時候我睡著了，」她紅著臉控訴，「憑什麼就你一個人記得。這樣算，我不是虧了嗎。」

遲曜事不關己地反問：「那怎麼辦？」

「……」

她怎麼知道怎麼辦。

在林折夏整個人沉浸在「她錯過和遲曜之間的第一個親吻」的遺憾裡時，剛鬆開手，微微向後撤了下的遲曜再次俯身靠近她。遲曜個子本身就比她高出一截，很輕易地低下頭湊近她，然後，一個很輕的吻落在她額頭上。

明明是一個很簡單的動作。

親的也不是別的地方，只是額頭。

但是她卻從這個羽毛似的吻裡，感受到了一種被人極度珍視的感覺。

少年的吻很輕，也很克制，近乎臣服。

他睫毛垂下，在眼下遮出一道陰影。

林折夏的反應從他說那幾句話開始就變得很慢，她眨了下眼睛，這才想起來，自己還沒問他另一個問題：「你高中的時候，喜歡的人，是我？」

遲曜沒有直接回答她。

片刻後，他直起身，往後退之前說：「明天週末，妳要是沒別的安排，帶妳去幾個地方。」

「去完妳就知道了。」

林折夏第一次送他回男宿，遲曜沒讓她送到樓下，在距離宿舍大樓還有兩段路的時候，他提議再送她回去。

「你不用送我了，」林折夏覺得麻煩，「這樣來回送，有點傻。」

「而且學校裡很安全的，現在這個時間也不算晚，我自己可以回去。」

遲曜鬆開手：「到寢室之後傳訊息給我。」

林折夏對他揮揮手：「知道了，你快進去吧。」

在回女宿的路上，林折夏依舊覺得自己額頭在無端發燙。

回到寢室後，她先傳過去一句「我到寢室了」給遲曜，接著洗漱過後想，遲曜明天會帶她去什麼地方。

她想了半天也想不到。

到底是哪些地方，帶她去了就會知道答案？

睡前，她在通訊軟體上敲了敲遲曜：『你能不能透露一點給我？』

『不然我怕我明天表現得不好。』

『我提前準備一下。』

貓貓頭只回覆她兩個字：『睡覺。』

林折夏：『……哦。』

但今天一天發生的事情實在太多，她一時間睡不著。

從美夢破碎，差點「分手」，到得知自己一直喜歡的人，也早就喜歡自己了。

她在床上翻了身，想，遲曜高中的時候居然喜歡她。

那個人，整天不做人，每天都氣她，和她吵架。

但她想著想著，又覺得，其實遲曜一直對她很好。

而且……好像從很早之前開始，他就只對她一個人好。

林折夏想了很多，最後她閒著沒事幹，對著遲曜那張貓貓頭頭貼看了一下，去網路上找其他類似頭貼。這種貓的照片，網路上一搜尋就能搜到很多，她找了張同品種的貓貓頭貼，存圖之後，點開自己的頭貼更換。

她原本的頭貼是剛開通通訊軟體的時候換的，頭貼是一張線條簡單的卡通鬼臉。

換上新頭貼之後，她又回看了一下兩人的聊天紀錄。

都是貓貓頭。

看起來就是一夥的。

第二天，林折夏很早就醒了。

藍小雪她們躺在床上，在商量訂早餐：「我們一起訂吧，懶得去學生餐廳了，夏夏妳要吃什麼？」

她說到這裡，想到林折夏可能要出去吃：「妳是不是要和妳哥哥一起吃，對了，你們昨天鬧矛盾，說開了嗎？」

「算是說開了吧……」林折夏綁了個馬尾辮，說：「是我誤會了，他應該，嗯，不是渣男。」

藍小雪：「看他那樣子也不像，有這麼生人勿近的渣男嗎，都想不到一個連好友都不讓加的人要怎麼渣人。」

「……」

其實她也想不到。

她更沒想到，昨天居然自己吃自己的醋。

「妳今天要出去嗎，」藍小雪見她在用絲巾綁頭髮，又問了句，「要不要我幫妳化妝？」

「不用了……」林折夏想到她和遲曜上次約會還沒過去多久，如果今天又盛裝打扮，會顯得誇張，「而且今天應該也不算是約會。」

她和遲曜在學校學生餐廳吃過飯，又去校門口坐車。

一開始她不知道目的地是哪裡，但既然坐計程車的話，應該不會是一個太遙遠的地方，起碼會在市內。

「大概要坐多久啊？」她問。

「兩小時。」

遲曜說著，又說：「睏了就靠我身上睡一下。」

「算了吧，我還是背一下單字，」林折夏高三那年對念書的專注度一路延續到現在，而且她回想起某次和他一起乘車，又說：「免得你又說我是豬。」

遲曜忽然說：「那次，是我讓妳靠的。」

「……？」

遲曜補充，「肩膀。」

林折夏心說那天她睡夢中感覺到有什麼東西很輕地碰了她一下，原來不是在做夢：

「那你還栽贓陷害我，你這個人真的很險惡。」

車程過半，窗外的景色變得熟悉起來。

林折夏從單字軟體裡抬頭，遙遙看到城安區那個著名地標。

她在城安區住了那麼多年，對附近的路和一些標誌性建築熟得不能再熟。

她沒想到遲曜會帶她回城安：「……怎麼回來了。」

「你不會要帶我回家吧，」林折夏說：「我媽今天上班，魏叔叔也不在家。」

遲曜沒說具體去哪，只說：「不帶妳回家。」

離目的地還有十公里。

林折夏盯著窗外，發現他們這輛車一路轉彎，最後轉進一條她閉著眼都能走的路上。

車窗外的路彷彿按照她的回憶不斷複刻延伸，熟悉的路標，石磚，還有校門，以及很遠就能看到的「城安二中」四個字。

林折夏穿著自己的衣服，綁著頭髮，現在在高中學校門口，有些恍惚。

她恍惚地看著遲曜去和門衛大爺打招呼，問畢業生能不能進去。

大爺還記得他們，笑著說：「是你們啊——之前總看你們一起上學，我記得你們，進去吧。不過今天週末，不上課，你們要見老師的話得提前確認下他們在不在學校。」

遲曜說：「謝謝大爺。」

以大學生的身分重回城安二中的心情很特別。

以前在城安，強制規定必須要穿校服。

每天都坐在教室裡上課，備戰升學考。

校規有無數條。

林折夏抓緊身上的斜背包，走過布告欄的時候看了一眼，發現上面已經貼上了一份新的入學新生名單。

週末，也還是有三三兩兩的學生在學校裡走著。

「你快點——下週就要黑板報評比了，隔壁班早就出完了，我們今天也得畫完。」

「知道了——」

明明剛畢業，他們好像卻和高中隔著無法逾越的距離了。

林折夏跟在遲曜身後：「到底是什麼地方啊，教室嗎？你帶我來學校幹什麼，難道你在學校天臺也留了言？」

林折夏說的學校天臺，是一片「法外之地」，天臺上有片白牆，總被人亂塗亂畫，尤其每逢畢業季，大家都會上去「留言」。

「我沒那麼閒。」遲曜說。

林折夏忍不住吐槽：「我看你今天看起來，就挺閒的。」

最後遲曜帶著她進了一棟教學大樓，進去之後，他對她說：「閉上眼。」

「這麼神祕。」

「……」

她閉上眼，被他牽著走上幾階臺階，然後又走了一段路，似乎是穿過了長廊。

然後遲曜牽著她，停在某個地方不動了。

「在這站著，」他說話時，低下頭湊在她耳邊，「叫妳睜眼妳再睜開。」

林折夏點點頭。

她一邊想，按照剛才的路線，這裡到底是哪間教室，一邊等遲曜讓她睜眼。

她等了一下，先聽到的不是遲曜的聲音，而是一聲電線接觸不良的「滋啦」聲。

「滋啦」聲過後，有人漫不經心地拍了下麥克風。

悶悶地拍擊聲透過電線傳出來，然後少年低聲對著麥克風「喂」了一聲。

接著，他說：「可以睜眼了，女朋友。」

林折夏睜開眼，發現自己現在站的地方是學校禮堂。

二中禮堂還是老樣子。

一排排座椅，最前面是一塊舞臺表演區域，舞臺兩側掛著紅色絲絨布。

她對這個禮堂的印象很深刻，因為高中時代她曾在這裡發生過很多事，第一次鼓起勇氣上臺參加演講比賽，第一次帶領班級在校慶上表演詩朗誦，也是第一次……在這裡聽遲曜在舞臺上唱歌。

只不過這曾經的每一次，臺下都有很多人。上千人坐在觀眾席上，整個禮堂熱鬧非凡。

不像現在，空蕩蕩的，臺下的觀眾只有她一個人。

遲曜站在舞臺中央，他不知道從哪找了把舊吉他，把麥克風夾在麥克風架上，他手指橫按在琴弦上，熟悉的前奏旋律流瀉而出。

林折夏光聽前奏就聽出，這首歌是〈仲夏夜〉。

果然，遲曜垂著眼，唱的第一句就是：「記得那年夏天的第一次心動。」

「你無意闖入，無法形容……」

「仲夏夜的風，埋藏失控……」

林折夏愣在原地。

眼前的場景和記憶裡的逐漸重疊起來。

臺上的少年模樣和當初差別不大，舞臺頂上的射燈照下來，燈光打在他身上，照得他整個人都在發光。

而且這次，臺下只有她。

好像，舞臺上這個人就是為了她而來的。

遲曜的聲音因為禮堂太空曠，而傳得更遠。

「而我就此停留在，追逐你的時空……」

遲曜負責的部分本身只有歌曲的一半，於是一半過後，琴聲漸止。

他拎著吉他的手垂下，聲音沒斷，他的聲音透過麥克風清晰地傳過大半個禮堂，傳到她耳朵裡：「校慶報節目那時，我本來不想參加，但是有個人跟我說，她想看我上臺。」

「這首歌，從一開始就只想彈給一個人聽。那個人叫林折夏。」

林折夏整個人都有種虛幻的不真實感，這種不真實感來源於過去和現在的重疊。

她想起一段遙遠回憶裡的瑣碎對話。

——「而且，我也挺希望你能上臺的。」

——「……妳想看？」

隨著遲曜的話，那種不真實感緩緩褪去，兩場舞臺在這一瞬間徹底交疊。

原來她剛才的感覺不是錯覺。

她曾經偷偷躲在臺下，躲在人群裡偷拍過的那個耀眼的少年，真的是為了她而來的。

當年她偷拍下來，想私藏的，幻想能夠獨屬於自己的人，原來一直都只屬於她。

半晌，林折夏眨了下眼睛，把忽然之間有點湧上來的淚花眨下去：「你要帶我去的地方，就是這裡啊。」

「那我那時候問你，你還說你是為了在舞臺上展現魅力。」

遲曜：「那時候不敢。」

林折夏：「不敢什麼。」

「不敢說喜歡妳，」遲曜站在舞臺上看著她，「怕妳尷尬。」

那確實是會很尷尬的。

如果她那時候沒有發現自己也喜歡他的話，兩個人很可能朋友都做不成。

林折夏張了張口，還沒來得及說什麼，遲曜打斷她：「要帶妳去的，除了這裡，還有一個地方。」

除了禮堂，還有一個地方。

林折夏連禮堂都想不到，另一個地方就更想不到了。

她一路上攥著遲曜的手瞎晃，問他：「到底是哪裡啊，你悄悄告訴我，我裝作不知道。」

遲曜：「繞這麼一圈，妳不如直接不知道。」

「……」

下一個目的地也離得有點遠。

而且窗外的景色很陌生，她只能根據行車方向判斷，開往的地方是郊外。

郊外……她和遲曜一起去過的地方……

她捕捉到一點零星片段，但不敢確認。

直到她在車上睡了一覺，一覺醒來，車剛好到達目的地，她望向窗外，看見「羅山植物園」五個字，她才確認，真的是這裡。

可遲曜為什麼會帶她來這？

因為他們曾經在這裡打過勾勾嗎？

林折夏想不明白，遲曜也沒給她時間去想，他拉開車門，帶著她下車。在售票處買完門票，又牽著她進去。

下午這個時間，在羅山植物園觀光的遊客不多。

林折夏路過門口那團繡球花堆，今年這堆繡球和去年很相似，但顏色有點不同了。

她想到上次她蹲在這裡，遲曜拍了張「風景照」，而且還被他用來當手機背景畫面。

「你那時候不會也是故意的吧，」林折夏總算轉過彎來，「故意說自己在拍風景照，實際上，是被我迷得神魂顛倒，無法控制自己，忍不住拍下我美麗的容顏。」

「……」

遲曜掃了她一眼，沒否認，但習慣性地說：「妳還挺會往自己臉上貼金。」

林折夏：「你既然高中的時候就喜歡我了，那我這完全屬於合理猜測。」

最後遲曜帶她去的地方，是許願樹下。

那棵被紅色許願條掛滿的許願樹。

夏天陽光依舊熱烈，陽光照在滿目的紅色上。無數許願條迎著風，偶爾唰唰作響。

遲曜帶著她，在樹下找了很久。

許願條實在太多了，哪怕記住具體位置，每個位置也掛著好幾十條，而且每天都有新的許願條往上面掛，一年多前掛上去的許願條很難一下找出來。

「我幫你一起找吧，」林折夏站在旁邊，也想幫忙，「反正我認得出你的字。」

就在這時，遲曜翻找許願條的手頓了下。

然後他用兩根手指夾住其中的某一條，側過頭喊她：「過來。」

林折夏反應慢半拍，才意識到他是讓她去看他寫過的許願條。

遲曜掛的位置很高，她走過去之後，踮起腳尖，正要去看，在看到許願條上的內容之前，又聽他說了句：「妳就算認不出我的字，也能找到。」

幾乎就在他話音落下的那一刻。

林折夏在許願條上看見了自己的名字。

她再熟悉不過的字跡寫著——「林折夏，我喜歡妳。」

世界在這一刻因為這行字而地轉天旋。

她回想起那天，她想去看遲曜的許願條，結果沒看到。

他們兩個人都把自己的許願條藏了起來。

這棵掛滿無數心願的參天古樹，原來在那年，也藏匿了少年那份不敢示人的愛意。

林折夏看完許願條之後，因為踮著腳尖站不穩，手一鬆，那條紅色的許願條又落回層層疊疊的紅色裡去了。

她低聲說：「原來你那年……寫的願望，是這個啊。」

陽光染上少年的瞳孔，折出熱烈的光。

遲曜低頭去看她：「和妳表白的那天，並不在我的計畫裡。」

「可能有點倉促，」他說：「但我對妳的喜歡，並不突然，也不是錯覺。」

「如果妳覺得沒有安全感，害怕我對妳的喜歡只是錯覺的話，那我再跟妳正式地表白一次。」

他的聲音落在風裡：「我喜歡妳，妳的髮圈我早就想摘了，置頂從國中開始就一直是妳，第一次想親妳是在海城市，妳把我拉進祕密通道的那一刻。」

「膽小鬼，在妳不知道的那些時刻和瞬間裡，我早已經偷偷和妳表白過千千萬萬次。」

林折夏那份「不確定」，在此刻終於變成了「確定」。

所以髮圈不是偶然。

一直都是置頂的「一直」，原來是從那時候開始。

甚至連祕密通道裡的初吻，都是早有預謀。

遲曜後面說的話，她漸漸聽不清了，也無需再聽。林折夏完全憑藉本能，伸手去拽遲曜的衣領，他怔愣了下，然後順從地彎腰，任她把自己往下拽。

下一秒，她的唇貼上他的，堵住了剩下的話。

在接吻的剎那間。

她想，她捉到風了，也完成了那個曾以為不可能完成的生日願望。

林折夏在接吻方面沒有任何技巧可言。

畢竟她唯一的接吻經歷，只有上次和遲曜在祕密通道裡的那個「初吻」。

貼上去之後，她就不知道怎麼進行下一步了。

青澀又毫無章法的一個吻。

帶著少女特有的懵懂，但是又透著一股難得的莽撞。

遲曜比她先一步反應過來，在她停頓的間隙，抬手按在她頸後，控制住她，不給她後撤的機會，反過來加深了這個吻。

他怕驚擾她，試探著去勾纏她。

林折夏整個人都很暈，有種缺氧的感覺，但又因為這種缺氧，而不得不更加依賴對方，好像要從對方嘴裡掠奪僅剩的氧氣。

許願樹周圍有人在往樹上掛許願條。

只是他們這個角落剛好沒人，片刻寂靜，林折夏在這個吻最後快結束前微微睜開眼。

她看見模糊而又絢爛的陽光和滿目的紅色。

她曾經以為落幕過的夏天又重新回來了。

這是一個，有遲曜在的夏天。

遲曜在鬆開她之前，貼著她的唇，記恨似地故意問她：「現在還想讓我重新考慮一下嗎？」

「……」林折夏紅著臉，鬆開拽著他衣領的手，沒有了剛才那種「強吻」的架勢，整個人軟下來，「我覺得，不用重新考慮了。」

遲曜：「錯覺？」

林折夏：「……不是錯覺，我上次只是隨口說的。」

他對她的喜歡，不是錯覺。

回去的路上，林折夏一點都不覺得今天奔波好幾個地方很累，興致勃勃地拉著他問東問西：「你很早就喜歡我了啊。」

遲曜「嗯」了一聲。

林折夏像無數女生一樣在意那個具體日期：「能不能具體一點，從什麼時候開始的？哪一天？我那天做了什麼，你一下被我折服？」

遲曜想了下。

發現還真的不太能說出某個具體日期。

他和林折夏之間，認識的時間太久，經歷的事情也太多了。

對他而言，喜歡她從來不是一件很突然的事。

是在漫長的歲月點滴裡，無意識匯聚起來的喜歡。

在發現的那刻以為只是一陣穿堂風，卻沒想到，這陣風來自一場巨大的洪流。

喜歡上林折夏這件事，發生得很自然，就跟他每天都要吃飯喝水一樣自然。

他的人生彷彿被安置了某個名為「林折夏」的程式，在他開始懂什麼叫「喜歡」之後，就只會喜歡上她。

無數瑣碎片段在腦海裡重複播放，這些片段從兩句話開始。

——「我，他大哥。」

——「你想打他，先過我這關。」

接著，是在醫院裡。

女孩子總趁林荷不在家，往醫院跑，坐在他床位旁邊煩他。

——「你又去醫院啦，那我來看看你吧，正好今天老師講了試卷，看你不太聰明的樣子，我勉為其難跟你講講試卷。」

——「遲曜。又是我。你管我呢，我就喜歡逛醫院。」

還有無數冷清的節假日。

——「你過年來我家，我們就可以一起守歲了。」

——「新年快樂，遲曜，希望你平平安安，喏，我的壓歲錢分你一半。」

以及，她對於夢想的幼稚理解。

——「如果我暫時還沒有夢想的話，守護別人的夢想算不算夢想？」

這些碎片匯聚在一起，拼湊成了他的某個部分。

林折夏也在不知不覺間，從那個整天跟何陽打架的小屁孩，長成了少女模樣。

「國中的時候吧，」他最後說：「那時有群高職生在社區外面亂晃。」

那是他第一次想要變得更強大，想去保護一個人。

他說完，林折夏也想起來，遲曜「病秧子」的轉變，似乎也是從國中開始的。

在國中之前，遲曜還是那個需要她保護的病秧子。

因為剖析這種內容，把自己如何喜歡一個人的心情向對方坦白對遲曜來說有點困難，所以他說著，腳步加快，走到林折夏前面去了。

「你為了保護我才鍛鍊的？」

林折夏一邊蹦，一邊追上他，「我說你國中怎麼一下子變厲害了，我都打不過你。」

「而且你國中有一陣子突然開始長高，你是不是背著我偷偷喝牛奶。」

林折夏太興奮，導致思緒很發散：「你喝的牛奶是什麼牌子？介紹一下吧，我很需要。」

「……」遲曜放慢腳步，掃她一眼，「矮子，妳喝牛奶應該沒什麼用。」

林折夏：「你不要以為你現在是我男朋友，我就不會打你。」

「……」

兩人坐車回漣大的路上，林折夏睡著了。

她在睡過去之前想，早知道今天出門的時候就讓藍小雪幫她化個妝了。

她沒想到，今天能收穫這麼正式的表白。

這天之後，兩個人的關係才「真正」建立。

林折夏不再患得患失，也不再因為遲曜而感到自卑。

她終於確認，他們是真的在一起了。

學期過半，大學輕鬆的氣氛不復存在，隨著時間推移，課業越來越緊張，任務也越來越重。

在遲曜科系的考試週過去之後，林折夏所在的科系也迎來了考試週。

她忙著複習口語知識，也忙著背平時老師圈下來的考試要點。

等她從忙碌的考試裡抬起頭，發現她和遲曜已經有一週多沒怎麼見面了。

不過兩人每天還是會傳很多訊息給對方。

林折夏會對他吐槽作業太多。

『我們老師安排了好多作業（吐血.jpg）。』

『我可能背不完了。』

『而且還有口語考試，要和老師對話的那種。』

『我剛剛臨場發揮的樣子好傻。』

遲曜回她：『考完了？』

林折夏：『還沒有，下午還有一場。你呢，你在幹什麼？』

林折夏這句話傳完，遲曜沒再回覆。
她也沒在意，繼續埋頭準備考試。
他們考試之前有一節用來休整的自習課，大家都在自己的位子上準備下午的考試。
她正寫到一半，餘光瞥見旁邊出現了一道熟悉的人影，接著她旁邊的空位被人占下，她寫完手裡那道翻譯題，抬起頭，看見撐著下巴坐在她旁邊的遲曜。
「你怎麼過來了？」她放下筆，小聲說。
大家都忙著複習，所以倒是沒人注意到班裡多了一個非本系的「外來人員」。
遲曜哪怕跟著她坐在角落裡，整個人還是異常顯眼，他也忙了一週，眉眼有些困倦，說：「再見不到面，怕我女朋友跑了。」
林折夏嘟囔了一句：「……我能跑去哪裡。」
遲曜輕嗤一聲：「你們班裡不就有個。」
「還發表白牆。」
「開學第一天，就坐妳旁邊。」
「……」
林折夏沒想到他居然一直記著這帳：「你怎麼那麼小氣，你心裡是有個帳本嗎，上面到底還記了我多少東西。」
不過經過他這麼一提，她倒是反應過來了：「所以你那天是故意過來的？」

「所以……你走的時候，方槐會默認你是我男朋友。」

遲曜聲音更冷了，他拖長聲音涼涼地說：「妳還記得他叫什麼。」

「……」

「同班同學的名字，」林折夏低聲抗議，「我會記住也很正常。」

遲曜這次過來，當然不是為了翻舊帳。

就是這段時間沒怎麼見到面，想見見她。

於是聊到這裡，他屈指在她的作業本上敲了下：「繼續寫，我在這陪妳。」

林折夏「哦」了一聲，寫了幾題，然後又忍不住說：「我們好像很久沒有坐在一起寫作業了。」

以前她經常去遲曜家，兩個人會共用一張桌子寫題。

遇到不會的題，遲曜會跟她講。

那段時光不知不覺，已經是過去很久的事情了。

遲曜卻一點不覺得惋惜，他察覺到旁邊其他同學注視的目光，為了不影響其他人，整個人往下壓了一點，手撐著下巴，像是過來補覺的：「妳以後可以跟妳男朋友坐在一起做點其他事情。」

「……」

他又說：「別老想著寫作業。」

林折夏轉頭看了一下班級其他人，確認沒人聽見之後，憋著氣說：「……我想寫作業很正常，你想其他的才不對勁。」

「我想什麼了？」遲曜問。

「……」

林折夏用筆戳著紙張：「你雖然沒有明說，但我就是發現你的思想很危險。」

之後兩人不再說話，遲曜在旁邊默默陪著她上課。

像個陪讀的。

她本來對下午的考試沒什麼把握。

但是遲曜陪著她上課之後，她好像有信心了一點。

只不過二十分鐘後，這個陪讀的很不敬業地趴下去睡了一下。

儘管這人進來的時候悄無聲息，趴下去之後更是只露出來半張側臉，大半節課過去，還是有人發現了遲曜。林折夏寫著題目，手機震了下，她打開發現有個女生在班級群組裡戳她。

『@林折夏，妳旁邊的人是遲曜嗎？』

林折夏回了一個「嗯」。

大學不像高中，高中人少，消息流傳度高。而大學科系五花八門的，校區就劃了好幾個，所以哪怕遲曜會送她回女生宿舍，兩個人確認了關係，不知道他們具體關係的人還是占多數。

況且，比起誰是遲曜女朋友這件事，大家更多關注點還是在遲曜本人身上。

果然，那女生小心試探。

『聽說你們是青梅竹馬，關係很好的那種。』

『他上次是不是也來找過妳？』

林折夏對著「青梅竹馬」四個字看了一下，第一次認認真真地打字回覆，公開承認他們之間的關係。

『不是，他是我男朋友。』

林折夏下場考試考得不錯。

考試結束之後，迎來短暫的三天假期。

「我們放假回去嗎？」林折夏從考場出來，遲曜正倚在樓梯間裡等她，她問，「你可以住我家。」

遲曜沒有藉機發揮：「跟何陽說過了，我去他家。」

「為什麼啊？你直接住我家不好嗎？」

林折夏還想說「反正小時候不也住過」，遲曜卻伸出一根手指抵在她額頭上，警告說：「不好。」

「……哪裡不好。」

「對妳不好，」他說：「我怕我控制不住自己。」

「……」

林折夏愣了下，然後往後退，避開他的手：「我覺得你說得對，你還是住何陽家比較好，住我家不太合適。」

說到何陽，她想起另一件事：「你之前發的動態，還有改的簽名，好多人留言，你怎麼回的？」

說話間，兩人往樓下走。

遲曜：「沒回。」

林折夏鬆了口氣：「沒回就好，我都不知道要怎麼跟他們說。」

「沒回的意思，不是我不知道要怎麼說，」遲曜看她一眼，「是不知道妳想什麼時候公開。」

他又涼涼地說：「怎麼，聽妳這意思，妳不會是不想給我名分吧。」

「我當然不是這個意思。」

林折夏措辭說：「我就是想著，他們一下子應該很難接受，要公開的話，可能得循序漸進。」

遲曜：「妳還挺有策略。」

不是她有策略，是他們在一起這件事，對南巷街那些人來說，應該很難接受。

穿一件褲子長大的好兄弟官宣了。

怎麼想都挺驚悚的。

林折夏最後說：「何陽也回去？那我們先跟他說一下試試，看看他什麼反應。」

林折夏和遲曜的戀情公開計畫，第一個公開的對象，選了何陽。

然而他們不知道，唯一的知情人士何陽的內心有多尷尬。

何陽以為，放假回家的這天，只是一個普通的日子。

他簡單收拾好東西，出發之前，被兩位好兄弟叫出去吃了個飯。

「怎麼又請我吃飯，」他美滋滋地過去蹭吃蹭喝，「太客氣了。」

何陽：「這就是距離產生美嗎？平時我們離得近，你們不愛理我，現在我去漣雲師範了，想哥們了吧。」

林折夏低著頭，默默盯著碗裡的飯：「……嗯。你也可以這麼理解。」

何陽：「我東西都收拾好了，等等吃完飯我們就可以直接走。」

林折夏滿腹的話，不知道該從哪裡說起。

最後她抬眼，去看遲曜。

遲曜接收到她的求救訊號，於是放下筷子，在桌面上屈指敲了下：「喂。」

何陽：「我有名字，不叫喂，你可以叫我小陽陽。」

「……」

遲曜懶得跟他多說，他屈起的手指當著他的面鬆開，然後一言不發地去抓林折夏的手。

林折夏的手本來垂在桌子下面，被他牽住之後，堂而皇之地搭上來，搭上桌之後，遲曜習以為常地、把姿勢改成了更緊密的十指相扣，正對著何陽的視線。

「…………」

何陽吃到嘴裡的飯，有點塞不下去了。

其實從兩個人的動態明示，以及林折夏突然單方面換頭貼，他大概能猜出來這兩個這段時間發生了什麼事。

但他沒想到，自己要面對一場明晃晃的官宣。

何陽的手還在機械性地往嘴裡塞著飯，大腦遲緩地運轉著：他現在的人設，是一個什麼都不知道的無辜青梅竹馬。

他應該做出這個人設，在遇到這種情況下，應該有的正常反應！

下一秒——

他把飯噴了出來。

林折夏和遲曜齊齊避開。

遲曜：「飯都堵不上你的嘴。」

林折夏：「你文明點。」

何陽貢獻出此生最精彩的演技，他猛地站起來，顫巍巍地伸出一根手指指向他們：「你們……你們這是在幹什麼！大庭廣眾的，突然牽手，想幹什麼！」

遲曜：「……」

林折夏：「……」

林折夏有點後悔，她剛才不該說「你文明點」，她應該直接說「你正常點」。

遲曜臨危不亂，在秀恩愛方面展現出極其穩健的心態。

他的指腹在林折夏手指骨節處輕輕摩擦了下，然後曖昧地反問：「你覺得，我們是在幹什麼？」

「怎麼，想戲耍我？我何陽是那麼好騙的人嗎？」

「……」

遲曜抿了下唇，按捺住想先把人打一頓的衝動，淡淡地說：「沒人有那個閒工夫騙你。」

「就是你看到的那樣，」他又說：「我們在一起了。」

何陽在這時候，大腦繼續飛速運轉。

他現在應該做什麼？

什麼反應會顯得更加真實？

他思考了半秒鐘，緩緩坐下，然後一屁股從椅子上摔了下去，以表達自己此刻的震驚程度：「什麼——你們，你們居然在一起了？！」

「哦我的老天爺啊，我實在是太震驚了。我的耳朵沒有出問題吧，我沒有聽錯吧，還是我現在在做夢？」何陽爬起來之後原地轉了個圈，好像在找尋自己遺失的靈魂，「我太驚訝了。」

「我們不是最好的朋友嗎——我最好的朋友，和另一個我最好的朋友在一起了，怎麼會這樣，你們之間發生了什麼，什麼時候在一起的，怎麼在一起的？」

遲曜：「……」

林折夏：「……」

這反應怎麼有點不對勁。

林折夏猶豫地小聲問遲曜：「他……是不是瘋了？」

遲曜看著原地轉圈的何陽，沒有反駁：「把疑問去掉，妳可以用肯定句。」

「……」

本來她和遲曜接下來想告訴的人是林荷和魏平。

經歷過何陽當場發瘋之後，林折夏不太敢告訴林荷了。

萬一林荷也崩潰……

到家後，林荷和魏平特地調休，在家裡等她：「回來啦，我本來還以為漣大就在本市，妳能經常回家呢，沒想到上了大學也那麼忙。」

「媽，魏叔叔，」林折夏放下東西，一個一個擁抱了一下他們，「我這不是剛入學嗎，比較忙，等之後穩定下來了就經常回來。」

林荷：「行了，母女之間，不用說這種自己都不信的客套話。」

林折夏：「小荷，妳還是一如既往的犀利。」

林荷：「一回來又皮癢是吧？」

林折夏笑了下，坐在沙發上吃魏平提前幫她切好的水果。

重新回到家裡，更多的還是自在和熟悉。

剛才他們三個人回到南巷街，並肩路過南巷街街牌處的時候，遇到了其他幾位放假回家的青梅竹馬，大家聚在社區門口聊了一下天，她有種大家一直都沒離開過這裡的錯覺。

「媽，」林折夏吃著水果，開口試探，「大學⋯⋯挺多人都在談戀愛的。」

林荷轉身去廚房準備晚飯：「那不是很正常，大學是可以談談戀愛，不過女孩子，一定要保護好自己。」

林折夏接著問：「如果我也談呢？」

林荷：「那就談唄。」

林折夏：「哦。」

她「哦」完，故意隔了一下時間，才說：「遲曜也回來了。」

林荷毫不意外：「他是不是去何陽家了？正好，等等叫他過來一起吃飯。妳跟他同個學校，平時肯定沒少給人添麻煩。」

林折夏低聲抗議了一句：「妳說的好像我是個麻煩精。」

「……」

家裡安靜了下來。

魏平進屋去拿東西，林荷開始切菜。

林折夏叼著牙籤走到廚房門口，看了一下林荷，說：「媽，妳覺得……遲曜這個人怎麼樣？」

林荷：「挺好的啊。」

林折夏的心還沒來得及落下來，又被林荷下一句話提了上去：「我看他就跟看我兒子似的。」

「…………」

這樣換算的話……

那對林荷來說，就是她的女兒和兒子在一起了。

「怎麼了，他在大學戀愛了嗎？」林荷又問。

「呃，」林折夏本來準備好的話卡在喉嚨裡，怎麼也說不出了，她迴避話題，「還有多久開飯？我去叫他。」

「半小時吧，妳可以提前傳個訊息給他，讓他過來。」

林折夏縮在沙發上，傳訊息給遲曜：『還有半小時開飯，你要不要現在就過來？』

男朋友：『知道了。』

林折夏繼續打字：『對了，我還沒跟我媽說。』

『因為她覺得你對她來說，就像親兒子一樣。』

男朋友：『……』

林折夏猶豫地敲下一行：『要不然我們還是……別公開了吧。感覺有點像在亂倫。』

這則訊息遲曜沒回。

大約五分鐘後，他們家門鈴被人按響。

魏平去開門：「遲曜啊，叔叔好長時間沒見到你了，讓叔好好看看——一年多不見，更帥了。」

魏平可能是剛才聽見了她和林荷的對話，緊接著又來一句：「上大學了，談戀愛沒有？」

林折夏「咳」了一聲，從魏平身後擠過去，把遲曜拽進門：「魏叔叔，不要隨便打探別人的隱私。他其實，在這方面特別害羞，不喜歡談論這個。」

魏平：「啊？」

他怎麼沒看出來遲曜害羞。

遲曜進屋之後，待遇比她還好，因為長時間不見，所以林荷和魏平都有很多話想跟他說。

遲曜就坐在她旁邊，不能直接表露出兩個人之間的關係，只能透過一些只有他們兩個人知道的小動作跟她互動。

「家裡的事情解決了吧？媽媽身體情況怎麼樣？」

「嗯，解決了。身體現在還不錯。」

遲曜一邊說，一邊用牙籤插了塊水果遞給她。

林折夏猝不及防地被他塞一嘴，來不及解釋：「……我已經吃了很多了。」

他在鬆開手之後的一秒，趁魏平低下頭不注意，指腹抵在她嘴角很輕地擦了下，擦去沾上的水果漬。

林折夏心一虛，感覺他們現在很像在幹什麼壞事。

魏平還坐在對面嘮叨：「叫你媽多休息休息，別整天工作。」

遲曜應了一聲：「沒用，她出院之前自己也說要放下工作，多出去感受生活，沒感受幾天就閒不住了。」

「倒也是，」魏平想了想，「閒下來也沒那麼容易，每天沒事幹，還不如找點事做做。而且現在也不像之前，你也大了，在漣雲讀大學，自己能照顧好自己，她也不用為你操什麼心。」

在魏平說話的間隙，遲曜似乎是察覺到她的無措，故意逗弄她，手從背後繞過去，以其他人都看不到的角度碰了一下她的手。

林折夏緊張得汗毛直立。

「你離我遠點，」她挪了下位置，「別跟我靠那麼近。」

遲曜低聲：「膽子這麼小。」

這是膽子小不小的問題嗎！

這是……

這是背著家長調情。

正在她想找個藉口離開客廳的時候，林荷在廚房喊：「老魏——醬油沒了，去超市買一瓶過來。」

林折夏蹭地站起來：「我去吧。」

魏平：「妳平時都是能不去就不去，今天怎麼這麼積極？」

林折夏義正辭嚴：「我現在是大學生了，長大了，變得更懂事了。」

「……」

她拿上錢包，剛走到門外，身後的門被人拉了下，接著她看到緊隨著她出來的遲曜：

「我陪她去。」

林折夏沒多說什麼，只是在等電梯的時候故意往旁邊站。

她怕魏平會突然開門出來。

但好在，門關得嚴嚴實實的。

接著。

「叮——」一聲，電梯到達樓層。

兩人進電梯之後，遲曜站在她身後。

他雙手環住她的腰，俯下身，整個人「掛」在她身上。

雖然電梯裡只有他們兩個，但林折夏僵了一下。

察覺到她的緊張，身後的人在她耳邊說了句：「讓我抱一下，這裡又沒人。」

「可是……」

「叔叔阿姨也不會去查監視器。」

「但是……」

「等等有人進來，我再鬆開。」

「……」

好吧。

她找不到其他理由了，只能任由他抱著。

過了一下，她又提醒：「但你等等在社區裡，也記得和我保持一定距離。」

身後那人不情不願。

少年下巴抵在她肩上，說話時呼吸散到她脖頸那，他「嘖」了聲說：「妳媽把我當兒子？」

林折夏：「……嗯。」

遲曜：「妳覺得我們在亂倫？」

林折夏：「……是有那麼一點，錯誤的感覺。」

「既然妳都那麼覺得了，」沒想到遲曜坦然認下，然後他抬起一隻手，輕輕壓在林折夏頭頂，甚至有幾分期待地說：「那——先喊句哥哥聽聽？」

「……」

電梯下降的速度怎麼那麼慢啊。

平時有這麼慢嗎。

林折夏看著按鈕上方顯示的樓層數想。

見她遲遲沒有反應，身後那人壓在她頭頂的手忽地鬆開，然後手往下了點，輕輕地扯了下她的耳垂：「……說話。」

「風太大了，」林折夏最後抿起嘴，打算強行迴避，「我聽不清。」

遲曜：「電梯裡哪來的風。」

林折夏：「我腦子漏風了。」

「……」

她又補上一句：「我就是腦子有問題，你把我送去醫院檢查下吧。」

遲曜不說話了。

電梯正好有人進來，林折夏急忙往前走兩步，甩開掛在她身上的那個人。

這棟公寓裡的住戶都是熟人。

進來的阿姨熱情道：「是折夏啊，放假回家啦？」

林折夏點點頭：「對的，劉阿姨。」

那位阿姨又轉頭，看到她身後站著的人，兩個人明明站得有點距離，但兩人之間似乎有種無形的磁場在湧動。

林折夏這種自己在和遲曜「偷情」的感覺持續了一整天。

兩人去雜貨店買醬油，她付完錢，遲曜習慣性想伸手接過，她抱緊手裡的醬油瓶：

「謝謝這位好心的遲姓人士，但是不用了，我拿得動。」

遲曜伸出去的手僵在空氣裡。

短短半天，他的稱呼從男朋友，變成了遲姓人士。

遲曜：「拿個醬油而已，妳會不會想太多了？」

林折夏：「遲姓人士，麻煩你謹言慎行，少和我搭話。」

她邊走，邊想到一件事，「對了，還得跟何陽說一聲，讓他別說漏嘴。」

「……」

起初遲曜還很堅定地認為是她想太多，公開這件事實際上沒什麼影響。

林折夏走到半路，見路上沒人了，把手裡的醬油瓶塞到他手裡：「拿著。」

遲曜接過。

她當著遲曜的面，掏出手機，點開和唐書萱的聊天畫面。

然後她面不改色地傳過去兩句話。

『偷偷跟妳說件事。』

『我和遲曜在談戀愛。』

今天是假期，唐書萱回訊息的速度很快。

唐書萱：『偷偷跟妳說件事，我和陳琳也在談戀愛。』

唐書萱：『其實我們背著你們在一起很久了。』

遲曜：「……」

「媽——醬油。」

回家後，林折夏跑進廚房。

「怎麼買個醬油買那麼久，我菜都快炒好了。」林荷念叨。

林折夏瞎扯：「我南巷街一霸難得回來，雜貨店老闆也很想我，我跟老闆敘敘舊。」

林荷一眼看破：「人會想妳就有鬼了。」

因為遲曜和林折夏回來，林家難得地熱鬧起來。

林折夏躲在廚房，一邊陪林荷，一邊偷點東西吃。

林荷：「別吃了，像什麼樣子。」

林折夏：「都是自家人，沒人會介意的。」

客廳裡，魏平和遲曜像以前那樣坐著聊天。

魏平戴著眼鏡看報紙：「現在這個國際局勢……」

比起這一年那個在京市的家，遲曜此刻坐在這裡才有種真正「回家」的感覺，無數令人熟悉的細節綿軟地將他包圍，這麼多年來，他對「家」的印象，好像一直都是這裡。有林折夏在的這裡。

一桌人吃飯時，倒沒發生什麼特別的意外。

就是好吃的菜都被林荷夾進了遲曜的碗裡，遲曜留意到她的眼神，又反過來夾給她。

要是以前，都用不著他夾，她會自己主動去搶。

但今天不一樣，她時刻牢記要和遲曜保持距離，於是她捧著碗，婉拒道：「不用了，你自己吃吧，我在這個家，吃點白米飯就好。」

林荷沒在意，隨口問：「你們在學校裡，經常見面嗎？」

兩人像沒對好口供一樣——

遲曜：「嗯。」

林折夏：「不見。」

林荷起疑：「到底是見還是不見？」

林折夏堅定地說：「不見，校區太大了，大家都不在同個系，怎麼可能經常見面。他騙妳的。」

遲曜放下筷子，在桌子底下不輕不重地掐了下她的手。

他們有時候交流，不需要說話。

林折夏就是能從這個很小的動作裡，解讀出他的意思：妳等著。

這個「等著」，沒有讓她等太久。

報應來得很快。

飯後，林折夏自告奮勇去廚房洗碗。

林荷當然不會放過任何能使喚她的機會，和魏平坐著看電視，還叮囑她：「爐上的鍋也記得洗了——」

林折夏戴上洗碗用的手套，洗到一半，感覺肩帶有點往下掉。

她手上戴著手套，碗正洗到一半，不能用手，於是只能歪著頭，試圖挽救一下。

遲曜進廚房的時候，看到的就是她聳肩歪頭的樣子。

「怎麼了。」

林折夏嚇一跳：「你怎麼進來了。」

遲曜拉上廚房門：「放心，他們在看電視。」

林折夏不好意思說自己肩帶往下掉，於是繼續埋頭洗碗。

倒是遲曜繞到她身後：「哪裡癢。」

「……」

大哥。

不是癢。

我們以前就算是再好的兄弟，你也不會懂肩帶突然往下掉的痛。

但她還沒來得及找別的理由，遲曜已經「好心」地把手搭在她肩上：「……這裡？」

她的肩膀現在格外敏感，遲曜的手指隔著布料觸碰著那裡，某種搖搖欲墜的不安感加劇。

「不是，」她想避開，可廚房總共就那麼點空間，只能說：「你別碰了，已經不癢了。」

遲曜屈起手指，還沒做什麼動作，隱約感受到布料下面有一根細細的帶子。

那根帶子卡的位置有點歪。

他好奇地隔著布料撥弄了下，原本卡著的肩帶徹底落了下去。

林折夏洗碗的手一頓，有點崩潰：「……都跟你說別碰了。」

肩膀處，少年骨感明顯的手指也停頓了一下。

「妳剛剛就在弄這東西？」

「……嗯，它突然往下掉。」

一時間，廚房裡的氣氛變得曖昧起來。

安靜得只剩下水流聲。

兩個人在林荷和魏平面前演了一天的「好朋友」，「好朋友」的禁錮在這一刻被意外打破。

遲曜彷彿想把這禁錮撕裂地更徹底些，他手指頓了下後，挑開女孩子寬鬆的衣領，探進去兩根手指，他手指長，很輕易地找到垂下去的帶子，兩根手指勾著帶子把它拉了回來。

林折夏背對著他，整張臉燒得通紅。

這個行為，感覺比接吻還親密。

他手指很燙，所經之處被燙得發麻。

「好了，」遲曜把手指抽出來，「另一邊需要弄嗎？」

林折夏加快手上的洗碗速度，小聲說：「不需要，你快點出去。」

「我幫妳洗。」他又說。

「不用。」林折夏繼續拒絕。

遲曜還是沒走。

他垂下眼，盯著女孩子纖細的脖頸，還有從衣領裡若隱若現透出來的白色肩帶。

「女朋友，我剛剛幫了妳，」他說：「要點獎勵應該不過分吧。」

林折夏：「？」

林折夏：「你那叫幫我嗎？」

遲曜反問：「不算嗎？」

林折夏：「那叫自作主張。」

遲曜「哦」了一聲：「既然妳不需要，那我再把它拉下來，恢復原樣。」

「……」

這種事情，一次就夠了。

林折夏認輸：「你要什麼獎勵。」

遲曜沒回答她，只是讓她別動，然後她維持著背對著他洗碗的姿勢，看著眼前緩緩流淌的水流，下一秒，身後的人低下頭向她湊近，一個吻炙熱地落在她頸側。

哪怕看不見也知道，他們現在的姿勢很曖昧。

這個吻的位置讓她聯想到剛才被勾上來的肩帶，她出神了一下。

就在這幾秒間，發生了一件誰也沒有預料到的事——

廚房門突然被人拉開。

林荷捧著兩個碗：「夏夏，我剛剛忘了，這還有兩個碗需要……」

話到這裡戛然而止。

她看著眼前兩人交頸纏綿的畫面，登時呆若木雞。

魏平見情況不對，也起身走過來，問：「怎麼了？」

遲曜沒想到會被抓包。

他只是想進來逗弄下她，既然她暫時還不想公開，他也沒打算主動表明身分。

「魏叔，荷姨。」

他正要解釋，被林折夏打斷。

情急之下，林折夏這時候倒是不知道哪來的勇氣，她先關了水龍頭，摘下橡膠手套，然後異常鎮定地對林荷和魏平說：「事情就是你們看到的那樣，反正你們都把他當兒子了，現在把他當一下女婿，對你們來說應該也不是什麼問題吧。」

「……」

十分鐘後。

四個人面對面坐著，進行了一場家庭會議。

林荷難得嚴肅：「什麼時候開始的？」

林折夏想說話，被遲曜在桌子底下按住了手：「前段時間剛開始交往，本來這次回來就想跟你們說，一直沒找到機會，是我的問題。」

林荷回想起他們這次回來，那點細微不對勁的細節。

比如林折夏問過她「覺得遲曜怎麼樣」，這些細節在當時被遺漏，現在回想，卻是有跡可循。

在林折夏上大學前，她多多少少也想過女兒的戀愛問題。

私下，和魏平暢想過林折夏會不會談戀愛。

談戀愛的話，又會選擇什麼樣的男孩子。

只是沒想到這一天來得這麼快。

而且，她帶回來的對象，是遲曜。

那個她從小看著長大的遲曜。

兩個孩子從小形影不離，一路吵吵鬧鬧著不分性別地長大。

林荷震驚歸震驚，比起不能接受，她考慮的問題更加深入：「想清楚了？你們從小就認識，確定對對方的感情是愛情嗎？談戀愛可不是小時候小打小鬧，這是大事，不能馬虎。」

「荷姨，」遲曜看著她說：「我喜歡她很久了。」

林荷啞然一瞬。

這話從遲曜嘴裡說出來，不是沒有說服力。

他們以前的關係有多好，遲曜平時有多照顧林折夏，她也看在眼裡。

林荷：「最後一個問題。」

她伸出一根手指，指了指自己女兒，「你怎麼會看上她？」

林折夏：「……？」

「妳這話就不對了，」林折夏聲音上揚，「什麼叫怎麼會看上我？」

林荷：「長眼睛的都不容易看上妳。」

林折夏：「……」

最後還是魏平出來打圓場：「日久生情日久生情，我覺得挺好的，而且肥水不落外人田，與其在外面找個不認識的人談戀愛，不如找個知根知底的……」

林折夏沒想到她和遲曜的戀情會以這樣的形式公開。

最後林荷和魏平在餐廳坐了很久，對他們說：「既然你們做好決定了，我們也不會干涉。在一起了就好好談，我們比誰都更希望你們幸福。」

在送遲曜去何陽家的路上，她還有種在做夢的恍惚感。

「我們就這樣……公開了？」

林荷沒崩潰，也沒罵她，甚至還祝福他們。

林折夏又問：「遲叔叔和白阿姨知道我們的事嗎，我是不是也應該去見見他們啊。」

在她的預想裡，遲寒山和白琴肯定是不知道的。

然而遲曜卻說：「他們知道妳。」

林折夏：「啊？」

「早就知道了，」他調出和白琴的聊天紀錄給她看，「前陣子還問我追到人了沒。」

手機螢幕上，白琴的頭貼是一張招財進寶圖。

『兒子。』

『超過一個月沒追到，出去別說是我兒子。』

林折夏問：「他們怎麼知道的，你早就和他們說了嗎？」

遲曜退出通訊軟體畫面，屈指敲了下背景畫面。

林折夏看到那張有她的風景照。

在今天之前，她以為遲寒山和白琴看起來那麼不好相處，可能會不喜歡她。

而且……她小時候還頂撞過他們。

從來沒想過，早在她不知道的時候，她就已經被接納了。

接著遲曜給了她白琴和遲寒山的通訊軟體好友。

送完遲曜，她回到家，小心翼翼地添加。

還沒想好要傳點什麼，遲寒山和白琴的訊息先傳了過來。

遲寒山簡單粗暴，傳過來的是一筆轉帳，備註：『給未來兒媳的見面禮。』

白琴傳來的是一個笑臉。

林折夏斟酌了下，也回了一朵中老年專用玫瑰花。

這玫瑰花，長輩看起來，應該很親切吧。

哪怕知道遲寒山和白琴對她印象不錯，面對喜歡的人的家長，她還是很謹慎，怕出什麼差錯。

她繼續在螢幕上打字：『白阿姨妳好，我……』

她的小作文才剛開了個頭。

白琴傳來下一句話：『謝謝妳陪他長大。』

第二十三章　同床

晚上，林折夏躺在熟悉的床上，跟遲曜聊天。

『你爸發紅包給我，我要不要收啊？』

男朋友：『為什麼不收？』

『有點不好意思。』

男朋友：『收。』

男朋友：『還有，叫「我爸」。』

林折夏：『……』

林折夏沒他這種厚臉皮，打死她也喊不出口，最後傳過去一句：『謝謝遲叔叔。』

遲寒山：『不客氣。』

遲寒山：『遲曜要是欺負妳，妳就跟我說，我買車票過去揍他。』

另一邊。

遲曜睡在何陽房間裡，何媽在地上幫他鋪了床被子。

他小時候偶爾也會在何陽家裡過夜，情況多發生於兩個人湊在一起打遊戲，打得太晚。兩個人還會搶一下床。

何陽的房間布置也還是老樣子，牆上掛著一張灌籃高手的海報，海報已經被歲月侵蝕得很陳舊了，泛著黃色，邊角翹起。靠窗的那張書桌以前堆滿了書，現在空蕩蕩的，被何媽擺了一堆雜貨。

何陽睡得早，他瞇著眼，看到床下還亮著一抹手機螢幕上散發出來的光：「你還不睡啊。」

遲曜：「和女朋友聊天，你單身，可能不懂。」

「……」何陽瞌睡都被他嘲諷醒了，「靠。」

何陽：「我現在只是在專心學業，不是找不到女朋友。」

遲曜：「是嗎。」

何陽：「你這個反應還可以更敷衍一點嗎。」

遲曜：「哦。」

最後何陽放棄了：「晚安，兄弟。」

但遲曜卻沒想讓他繼續睡，他抬手按了下手機側邊的電源鍵，關上螢幕，整個房間唯一一抹光亮消失：「喂。」

「再說一次，我有名字。」

何陽翻個身，又說：「叫我幹什麼。」

遲曜很突然地扔出來一句：「你什麼時候知道的？」

何陽還在繼續裝傻：「什麼什麼什麼。」

遲曜：「還裝。」

「你那天演得不怎麼樣，」他又說：「就只能騙騙那個笨蛋了。」

一開始他其實沒反應過來，畢竟何陽這個人平時也很脫線，但是後來想了想，發現他的反應遠比林荷的反應更誇張，誇張得有點反常。

「……」

何陽睜開眼，也不繼續瞞著他了：「你走的那天，我不小心推開門看見了。」

情況和遲曜猜的八九不離十。

把話說破，何陽終於能抒發自己內心壓抑一年多的心情，他從床上坐起來：「你說你沒事親她幹什麼，你考慮過我的感受嗎——你就算要親，你能不能關好門再親？能不能謹慎一點，不要給自己的好兄弟造成不必要的困擾。」

「你知道我要裝作不知情的樣子，有多累嗎，你們還特地在我面前官宣！」

難怪分開的一年多，何陽經常會主動跟他分享林折夏的近況。

比如說，她某次被班上同學表白了，但沒接受。

雖然何陽的訊息他一直沒怎麼回覆，但關於她的訊息，他每則都看了。

「謝了。」遲曜最後說。

何陽愣了下，很快說：「兄弟嘛，應該的。回頭記得幫我在漣大留意留意，有適合的女生記得介紹給兄弟，我打算兩所學校兩手一起抓。」

回答他的只有從他兄弟嘴裡吐出的兩個冰冷的字：「晚安。」

「……」

林折夏在家裡待了兩天。

到了第三天，她、遲曜、何陽三個人要趕回學校。

走之前，她在房間裡收拾東西，遲曜倚在門口等她。

「要帶什麼？」

「帶幾件換季的衣服，」林折夏說：「你坐一下吧，我馬上就收好了。」

遲曜在她書桌前的椅子上坐了一下，然後又站起來在她房間裡晃了一圈，最後他應該是閒著無聊，在書櫃面前站定，拉開玻璃櫃門，準備挑本書看。

正在收東西的林折夏心裡「咯噔」了一下，想制止，他的手已經攀上那本童話書——書裡有夾著的合照和許願卡。

雖然被他看到也沒什麼，但她還是慌了一下，她還沒想好要怎麼告訴他。

「等下。」

她率先抽出那本童話書，「你換一本吧，這本我也要帶走。」

遲曜摸了個空，手指頓了下，落在旁邊的一本書上：「幾歲了，還帶童話書。」

林折夏：「要你管。」

她抱著書，把書塞進行李箱裡。

心說原先說不出口，成為男女朋友之後，好像更加找不到說出口的時機。

那段高中時候對他的暗戀，對她來說，是她少女時代最隱祕的祕密。

在適應大學的念書節奏之後，大一過得很快。

課業繁忙起來，兩人經常在圖書館約好一起寫作業。

漣大圖書館一共有五層樓，其中兩層樓都是自習室。

這天兩人提前約好時間，林折夏過去幫他占座。

天已經逐漸轉涼，轉眼又進入冬季。

遲曜來的時候，帶了一杯熱奶茶給她。

自習室不能說話，需要保持安靜，於是林折夏一邊咬著吸管，一邊在計算紙上寫了兩個字「謝謝」，後面還畫了一個大大的笑臉，寫完之後她把計算紙遞給對面。

遲曜在查資料，他指尖勾著筆，把她寫的「謝謝」圈起來。

在旁邊批註：「謝誰？」

林折夏又寫了一行字，然後把紙條推回去：「謝謝大哥。」

過了一下，紙條又被推回來。

「稱呼不太對，誰要當妳大哥？」

兩個人沒同班過，幾乎沒這樣傳過紙條。

平時她去遲曜家寫作業，有什麼話也就直接當面說了。

記憶裡兩人唯一傳過紙條的一次，是她和遲曜吵完架後冷戰。

具體吵架的原因她已經不記得，只記得那天她和遲曜面對面寫作業，但是誰也不和誰說話。

半天之後，她沒繃住，塞過去一張紙條，上面寫：「我有題不會。」

很簡單的五個字，遲曜就投降似地主動開口問她：「哪題？」

想到這裡，林折夏大著膽子，故意在紙條上重新寫了一句：「謝謝哥哥。」

反正……只是寫字而已，又不是真的，也不需要她說出口。

但她這四個字很明顯擾亂了遲曜查資料的專注度。

而且她發現這個平時總想讓她喊哥哥的人，真的看到「哥哥」兩個字之後，居然整個人陷入一種很奇特的「害羞」裡。少年手裡的筆原先還在轉著，然後他忽然放下筆，抬起手，把衣領拉鍊往上拉，衣領蓋住半張臉，整個人往椅背後面靠了下。

林折夏一開始有點尷尬，見他這反應，覺得有點好玩，於是繼續寫：「哥哥怎麼不說話了？」

遲曜耳尖有點燙。

周圍都是人，有人會往他們這邊看，但沒有人知道他們偷偷在紙條上寫了什麼。

雖然平時他對著林折夏放話的時候，都很淡定，但他其實沒想過她真的會用這個稱呼。

他暗暗吐出一口氣，捏了下指節，把紙條拽過來寫：「等等出去了喊給我聽。」

林折夏：「我才不要。」

紙條傳到這裡就結束了，兩人集中注意力去看學習資料。

自習室二十四小時開放，考前會有很多人來臨時熬夜寫題抱佛腳。

他們這天寫到傍晚就打算收拾東西去學生餐廳吃飯，在吃飯前，林折夏收到藍小雪的訊息：『在嗎在嗎？』

『在，怎麼了嗎？』

『我們週末打算去附近旅遊，妳要不要和遲曜一起來？』

『快點回覆我哦，馬上要訂車票了。』

正好林折夏怕遲曜出去之後跟她算剛才傳紙條那筆帳，於是一出去就轉移話題說：

「小雪問我們週末要不要一起去旅遊，說是附近有個很著名的景點，去的話要在那邊住一晚。」

「妳想去嗎？」遲曜反問她。

林折夏想了想：「我去不去都行，不過之前聽說那個地方挺好看的，尤其是秋冬季節，以前我媽有和魏叔叔商量過想去……」

遲曜：「那就去。」

於是林折夏在吃飯的時候回覆藍小雪說：『去。』

晚上，女生宿舍。

藍小雪縮在被子裡制定旅行攻略，詢問道：「我在訂飯店，我和秦蕾都想住單人房，她睡覺打呼，在寢室的時候我沒辦法，出去了可不想再遭這個罪。妳呢？要不要幫你們訂一間？」

雖然兩個人已經交往大半個學期，但是對於住在一起這種事，她還是沒準備好。

總覺得……難以面對。

林折夏急忙說：「不用，我和他不住一間。」

藍小雪以為她是怕自己會有什麼看法：「又沒事。」

林折夏：「……真的不用。」

藍小雪聽出她是真的不想，於是說：「好吧，那就四間單人房。」

藍小雪制定的計畫很完善，飯店和車票也沒出什麼差錯，但是到了週末，林折夏跟著遲曜從車上下來，進飯店房間放置好東西，出去逛了半天，晚上正式入住的時候，洗澡洗到一半發現浴室熱水器壞了。

林折夏頂著一頭沒來得及沖洗的泡泡愣了一下：「……」

她匆匆忙忙換上衣服，打電話給前臺，前臺回覆她說「不好意思客人，我們會盡快派人來查看」，但前臺說著盡快，她等了十幾分鐘也沒等到維修人員上來。

她總不能頂著這一頭泡沫繼續站著等，於是又打電話給藍小雪她們：「妳們在房間嗎，我……」

林折夏話還沒說完，藍小雪那邊傳來很嘈雜的聲音。

『我們還在外面欸，這裡晚上有夜市，你們回去得太早了——怎麼啦？』

林折夏把剩下的話嚥下去：「沒什麼，就是想問問妳們什麼時候回來。沒事，妳們繼續玩吧。」

掛斷電話後，她僅剩的求救對象就只剩下一個人——她男朋友。

其實論親近程度，她應該第一個打電話給遲曜的。

但是她現在的情況有些窘迫，她不想在遲曜面前出醜。

除了這個原因，更多的還是，洗澡這件事有點太私密了……她根本沒做好準備。

很奇怪，和遲曜越是熟悉親近，她在某方面就越是放不開。

五分鐘後。

林折夏頂著一頭濕漉漉的頭髮，凍得有點哆嗦，敲開了遲曜的門。

遲曜剛洗過澡，開門的時候頭髮明顯剛吹過，有點凌亂，他看到林折夏之後下意識皺起眉：「妳怎麼回事？」

林折夏扶著頭髮說：「運氣不太好，洗到一半熱水器壞了。」

後面那句話對她來說，有點難以啟齒：「所以我能不能……借一下你的浴室。」

遲曜站在房門口，垂下眼，沒有說話，側過身讓了條路給她。

林折夏頭髮在不斷往下滴水。

她急匆匆地說了句：「謝謝。」

由於林荷平時的教導，讓她在這種時候也不忘跟自己男朋友客氣一下。

遲曜剛洗完澡，穿了件很薄的毛衣，但整個人並沒有因為毛衣而看起來更加柔軟，他眉眼很深，整個人筆直高挺，他在林折夏面前放低了那種與生俱來的倨傲感，低下頭看她，叫了她一聲：「林折夏。」

「下次不用這麼客氣，」他很慢地說：「妳就是讓我幫妳洗都行。」

「……」

林折夏說不過他，帶著毛巾逃進浴室裡。

遲曜剛從浴室出來沒多久，所以浴室裡還有他剛才洗澡時候留下的餘溫。

林折夏拉開門，剛進去，一股很淡的沐浴露的味道混著餘溫散出來。

和剛才遲曜站在門口幫她開門時她聞到的味道一樣。

她剛壓下某種奇怪的錯覺，浴室門被人敲了兩下：「妳帶衣服了嗎？」

林折夏說：「帶了。」

大概是怕她緊張，門外的人又說：「我出去一趟。」

過了一下，門外沒聲音了。

林折夏吐出一口氣，打開蓮蓬頭。

等她洗完澡，頭髮吹了半乾，飯店檢修人員也剛好上來。

「不好意思，是熱水器有點問題。」

「要不然幫您換間房吧？」

她想了下：「也行。」

但是這家飯店不太可靠，過了一下又告訴她：「不好意思，前臺說現在沒有其他房間可以更換，要不然，退房的時候幫您打個折？」

「……」

林折夏無語一瞬：「那就不換了吧，有什麼需要我去我朋友房間也一樣。」

飯店人員連連道歉。

等他們走之後，林折夏站在飯店走廊裡，有點侷促地看向遲曜：「我先回房睡覺了，你也早點睡，晚安。」

遲曜沒說話，只是在她轉身要走的時候，忽然伸手拉住了她的手腕。

走廊裡很安靜，沒什麼人。

林折夏有些預感，大概猜到他的意思，但還是很輕地問：「你拉我幹什麼？」

遲曜拉著她手腕的手收緊，扯了下嘴角，扯出一句：「菸癮犯了。晚上睡不著，某個人得對我負責。」

林折夏覺得他這個藉口找得很沒有說服力：「你都戒菸那麼久了，怎麼可能還有菸癮？」

「不定期發作。」

「……」

見她不說話，遲曜又說了句：「妳這是，打算賴帳嗎？」

林折夏：「你都可以耍賴，我怎麼就不能賴帳。」

遲曜「哦」了一聲，然後反手把門關上，作勢要往電梯間走：「那我下去買包菸。」

這次拽他的人成了林折夏。

她急忙跑上前幾步，拉住他的手：「我負責行了吧。」

「你……別抽菸，」說著，她的聲音減弱，「抽菸不好。」

半小時後。

林折夏手腳僵硬地躺在遲曜旁邊，不知道情況為什麼突然變成了這樣。

她明明只是來借一下浴室。

單人房的床並不大，她很努力地往邊沿擠，但還是偶爾會碰到旁邊的人。

關著燈，整間房一片漆黑。床墊和被子都很軟。

她和遲曜用的都是飯店的沐浴露，所以被子上也跟著沾染上這個味道，只是分不清是從誰身上沾到的。

不就是一起睡一覺嗎。

小時候，她也不是沒和他睡過覺。

林折夏強行洗腦自己，試圖喚醒自己當初的心情。

但是那個時候，她還沒什麼性別意識，完全不把遲曜當男生。而且遲曜那時候也很矮，並且和她劃了線，兩人中間隔著一床被子，遲曜冷著臉讓她睡覺老實點，別越線。

氣得那時候的林折夏很想把他從床上踹下去。

現在的情況和當初顯然不一樣。

她和遲曜都長大了。

背後的人哪怕什麼都不做，也無端製造出某種異性特有的壓迫感。

林折夏把臉埋進枕頭裡，想讓自己快點睡著。

這種情況下，想睡著實在很難。

她睜開眼，又小心翼翼地往旁邊挪了一點。

身後冷不防傳來一句：「妳再動一下，就能從床上掉下去了。」

林折夏停下動作：「……你沒睡著啊。」

遲曜在黑暗中睜開眼，聲音有點懶倦：「妳這樣我睡不著。」

這控訴來得莫名。

她反駁說：「你睡不著還怪我，我什麼也沒幹。」

然而遲曜的下一句話是：「妳離我太遠了。」

「……」

話音剛落，遲曜的手從身後繞過來，穿過她的腰，然後精準地扣住少女纖細的腰身，將她整個人按進懷裡。林折夏前面不動聲色往外挪，做的所有努力前功盡棄。

兩個人之間一下子沒有了任何距離。

他似乎想這樣做很久了——下一刻，他又調整了一下姿勢，把她當成人形抱枕，整張臉埋進她脖頸間。

「你這樣就能睡得著了嗎？」林折夏問。

回應她的，是從她脖頸間傳來的很悶的一聲「嗯」。

深夜。飯店。同一張床。抱著睡。

她第一次把這些詞彙聯想在一起。

林折夏整個人僵硬了很長時間，手腳都不知道往哪放。

深夜的房間格外安靜。

埋在她脖頸間的呼吸聲被無形放大，她還感受到對方溫熱的鼻息，以及垂在她脖子上的細碎的頭髮。

他比她高太多，被按在懷裡的時候，她有種完全被他掌控包圍著的感覺。

她想到之前：「其實，我也可以講故事給你聽的，或者數兔子，你之前不就……」不就被她這樣哄睡著過。

但林折夏話沒說完，遲曜打斷道：「我之前就想抱著妳睡了。」

林折夏啞然。

遲曜又補上一句：「誰想聽妳數兔子。」

「……」

這個人居然還嫌棄她。

明明那天，她數兔子的時候，他睡得挺快的。

林折夏記憶被短暫地拉回到海城市那天，她盤腿坐在沙發上，遲曜睡在床上，兩個人之間恪守著朋友之間的距離。

她不知道遲曜能不能睡著，反正她睡不著。

既然她睡不著，那這個始作俑者也不能太好過。

「遲曜。」

「說。」

「沒什麼，我就叫叫你。」

過了一下，她又喊：「遲曜。」

脖頸間那顆腦袋動了下表示回應。

「沒什麼，關心一下你，看看你睡了沒有。」

又過去十分鐘。

林折夏喊他：「遲曜。」

這次遲曜沒反應了。

她又試探著問：「你睡了？」

「太可惜了，本來還想跟你探討一下一加一為什麼等於二。」

林折夏說完，在她不知道的時候，那個「睡著」的人忽然睜開了眼。

然後下一秒——

他鬆開扣著她腰的手，一隻手撐在她頸邊，手上用力，整個人翻了下身，靠手臂支撐覆在她正上方。

哪怕這個姿勢看起來像是壓在她身上一樣，但只有林折夏知道，他還是控制了一些距離。

但這距離控制得實在微妙。

她毫不懷疑，她臉頰會癢，是因為遲曜和她靠得太近，頭髮垂落下來導致的細微癢意。

「妳要是睡不著，」他說：「不如探討點別的。」

林折夏喉嚨動了下，小心翼翼地嚥了口口水，然後飛速地說：「我睏了。給我三秒鐘，我馬上就能睡著。」

回應她的是遲曜落下來的吻。

以及從唇齒間溢出來的兩個字：「晚了。」

在一起之後，他們接過很多次吻，但沒有一次是像現在這樣，在床上。

林折夏整個人比初吻那天還緊張，她眼前是一片黑，彷彿整個人都在他的掌控之下。

他的吻也不僅僅只是落在她唇上。

漸漸地，這個吻從某一刻開始失去控制。

林折夏敏感又迷糊地，忘了是從具體哪一刻開始。

可能是，從他的吻落在她鎖骨處的那一刻。

熾熱到近乎滾燙的吻一路延續。

林折夏在遲曜的手指再次勾上她肩帶的時候驚醒，她並不抗拒和遲曜接觸，但是因為生疏和羞怯，潛意識告訴她她還是沒有準備好，於是動作比大腦更快反應過來，她抬起手，推了一下遲曜的手腕。

很輕的一下。毫無威懾力。

其實如果對方非要繼續的話，她可能也不會再繼續阻止。

遲曜還是被這很輕的一下攔下來，他察覺到身下人的緊張和僵硬，也清楚知道現在的地點並不合適。

於是他鬆開勾在她內衣肩帶上的手，轉而扣住了她的手，吻落回她唇邊。

這一吻過後，他鬆開她，起身下床。

林折夏懵懂地問：「你去哪？」

遲曜：「洗澡。」

「……」

她大概知道他要去幹什麼了，她把被子往上拉，蓋住鼻子：「哦，那你去吧。」

遲曜在浴室裡待了很久。

水聲蓋住了其他聲音。過了一下，水聲也停了。

這段時間讓她平復下來，臉頰上的熱度也慢慢消退，慢慢地，睏意襲來。

遲曜再次掀開被子上床的時候，她因為半夢半醒，迷迷糊糊地翻了個身主動抱住了他的腰。

「睏了？」他問。

林折夏反應慢半拍：「嗯。」

接著，一個不帶情欲的、很輕的吻落在她額頭上。

「晚安。」

在她徹底睡著之前，她似乎聽見遲曜低聲自言自語地說：「……下次就沒那麼容易停下了。」

第二天林折夏醒得很早。

她睡著睡著，鼻梁磕在遲曜肩膀上，少年骨頭太硬，硬生生把她磕醒了。

她睜開眼，第一次在霧濛濛的清晨，從另一個人的懷裡醒來。

遲曜昨晚又洗了一次澡之後，大概怕熱，沒穿毛衣，男生體溫似乎比女生高一些，所以她整個人好像被暖爐包圍。他睡著的樣子比平日裡看起來「乖」一些，沾著鋒芒的眉眼收斂下來，安靜不少。

原來睡醒的時候，睜開眼就能看到自己喜歡的人，是一種這樣的感受。

林折夏本來打算立刻爬起來，然後回房間裝作昨天晚上無事發生的樣子。

但是眼前的畫面實在太溫馨——

陽光透過窗戶懶洋洋地灑進來，遲曜在睡夢中感覺到什麼，攬著她的手無意識收緊。

她突然想，再賴一下床也沒什麼吧。

於是林折夏賴在他懷裡滑了一下手機，今天沒什麼新聞，影片滑了一下也就膩了，她放下手機抬起頭去看遲曜的臉。

注意力落在少年的睫毛上。

他睫毛好長，林折夏伸手比了比。

然後她有點手癢，想拔一根下來。

就在越來越靠近的時候，閉著眼的那個人忽然睜開了眼，睫毛從她指尖輕輕地蹭過去。

「妳在幹什麼？」

林折夏脫口而出：「想拔你睫毛。」

「……」

「拔吧，」出乎她意料的，遲曜順從地閉上眼，「都已經睡過覺了，我的就是妳的。」

林折夏臉一紅：「不想拔了。」

她掙脫遲曜的手，從床上起來，踩著拖鞋準備回房：「我先回去了，等等小雪可能會找我吃早餐。」

他們這兩天的旅遊計畫很簡單，昨天遊覽觀光了當地很出名的博物館和古蹟，今天打算去打卡一個遊樂場，遊樂場結束後，傍晚就退房返校。

認識遲曜那麼多年，林折夏很清楚這幾個項目都不是遲曜喜歡的活動類型。

他會來，完全是因為她想來。

大清早，藍小雪果然來找她：「給妳，這是遊樂場的門票。」

林折夏接過兩張票，問：「妳們不去嗎？」

藍小雪說：「去呀，雖然說大家一起玩，但我和秦蕾也不是很想吃狗糧，所以大家分開入場比較好。」

說完，藍小雪對她擠了下眼睛：「記得一定要去坐摩天輪，聽說在最高點往下能看到一片花海，很適合戀人，傳說能長長久久在一起。我就只能送你們到這裡了。」

如果是以前，林折夏一定覺得這種傳說毫無根據。

但是她和遲曜談戀愛之後，她也開始變得「迷信」。

等兩人吃完早餐，收拾好東西，從遊樂場門口檢票進去，逛了一圈項目之後，遲曜問她還想去哪。

林折夏藏不住心思：「我們去坐摩天輪吧。」

「我們女孩子，」她試圖掩蓋真實目的，又補充說：「就是比較喜歡這種少女項目，沒有什麼特別的理由。」

遲曜確實沒有多想。

但是他牽著她的手，兩人走到排隊處，遊樂場大概為了招攬顧客，在入口處擺了幅海報，海報上特地寫著摩天輪的傳說。

「摩天輪傳說，永遠和你在一起。」

遲曜掃了那張海報一眼，側過頭看她：「沒別的理由？」

林折夏：「……」

遲曜看起來心情不錯：「這麼不想和我分開？」

林折夏很是尷尬：「……不是。」

「也可以理解。」他又說。

林折夏習慣性否認：「你少自戀了。」

摩天輪是遊樂場最熱門的設施之一，排隊的人很多，林折夏看著前面的長隊，打算去附近買杯飲料喝：「你先在這排隊，我過去一下。」

她還沒說自己要去幹什麼，遲曜一眼看透：「買妳自己的就行，不用買給我，我不喝。」

林折夏：「哦。」

她和遲曜之間經常會有這種事情發生。

她的一些想法和心思，總能被他一眼看透。

林折夏暫時離開隊伍，去對面買飲料，她走之前，隱約看到長長的隊伍裡有一對女生，那對女生應該是閨密結伴來玩，見她走了，還往她的方向看了好幾眼。

林折夏忽視這道視線，去飲料店點了杯喝的，等單等了一下，然後接過店員遞過來的袋子說：「謝謝。」

她拎著飲料轉身，發現往剛才來時的那個方向看去，第一眼看見的人不再是遲曜，而是圍在他面前的……兩個女生。

那兩個女生年紀看起來還很小。

她走過去，隱約聽見一句甜甜的「哥哥」。

女生明顯想要通訊軟體好友：「哥哥，幫個忙，能不能用通訊軟體轉十塊給我呀。」

遲曜站在那，雙手插口袋，涼涼地掀起眼皮：「別亂喊，沒有通訊軟體。」

女生也不氣餒：「我錢沒帶夠，等等回不了家了，幫一下忙嘛。」

遲曜：「左轉直走，服務大廳。」

女生：「我去服務大廳幹什麼？」

「打電話給家裡。」

他語氣毫無起伏地說：「妳回不了家，那是妳爸媽應該管的事。」

「……」

「下次錢沒帶夠，就別出來玩了，」他又說：「挺打擾別人的。」

林折夏走過去的時候，那兩個女生臉色一陣青一陣白，轉頭直接離開了設施排隊處。

她已經很久沒有見過這樣的遲曜了。

談戀愛之後，遲曜對她格外縱容，雖然總是那副高不可攀的樣子，但平時黏著她居多。

但不管是以前，還是現在，遲曜對她總是特別的。

和其他所有人都不一樣。

林折夏一邊喝著飲料一邊假裝吃醋：「剛剛那兩個誰啊。」

遲曜：「不認識。」

「不認識還喊你哥哥，」林折夏悶悶地說：「你應該挺開心的吧。」

遲曜挑眉：「我開心什麼？」

林折夏：「……因為你就喜歡聽人喊你哥哥。」

「說話注意點，」她來了之後，他原本插在口袋裡的手又伸出來，垂在身側，習慣性地去找她的手，「我只喜歡聽妳一個人喊。」

說話間，隊伍排到他們了。

兩人坐進去之後，服務人員把車廂門關上。

摩天輪緩慢地轉動起來。

轉到頂峰的時候，可以俯瞰附近的一大片花海，即使是冬季，花也開了一整片，從上往下望去，像一幅畫在陸地上的畫。

她對這天最後的記憶，是摩天輪在最頂端暫停的時候，遲曜突然俯身親了她一下。

一個一觸即逝的，很純粹的吻。

「為什麼突然親我？」她問。

宣傳海報上明明沒有這一條。

「網路上看的，」遲曜說：「我這個人，比較迷信。」

學期末，發生了一件小事。

遲曜進了一個專案組。

他們系大二之後都要進組實踐學習，大一就提前進組的只有他一個。

參與專案之後，他變得更加忙碌起來。

晚上熄燈之後，林折夏去陽臺打電話給他：「你還沒回寢室嗎？」

『在老師那。』

遲曜說：『寢室熄燈了，回去不方便。用不了電腦。』

「哦，」林折夏也不多打擾他，「那你記得早點回去休息。」

但顯然「早點休息」對遲曜來說沒有那麼容易做到，連著一週忙專案之後，在學期末，他申請下學期通勤，然後在校外租了一間房。

林折夏放假前陪他一起去看房子。

看了幾間之後，遲曜問她喜歡哪間，林折夏想了想：「有落地窗的那間吧，感覺採光比較好。不過主要還是看你。」

遲曜選了她說的那間：「看妳。妳的意見很重要。」

起初她還不知道遲曜說這句話的意思。

遲曜很快申請完通勤。

把寢室裡的東西搬了過去，安頓好後正好迎來了寒假。

「求求你了，」在遲曜搬東西那天，他其他室友恨不得給他跪下，「能不能施捨兄弟一把鑰匙。」

「學校十點熄燈——簡直不是人能過的日子。」

「一日是室友，終身是室友！你在校外的家，就是我們的家！」

「是啊，這樣我們平時還能去你那蹭一下網路打一下遊戲什麼的再回來。」

「說什麼呢，什麼打遊戲，那是去念書！打遊戲，多難聽啊，最起碼也要用念書作為藉口掩飾一下吧。」

「……」

「想住？」

遲曜手指拎著兩把鑰匙，其中一把是備用鑰匙，看他們一眼。

其他三名室友齊齊點頭。

遲曜涼涼地說：「想住自己去租。」

那把備用鑰匙最後給了林折夏。

她陪著遲曜收拾完房子，正要回學校的時候，站在門口被他叫住，她問：「還有什麼要弄的嗎？」

「沒有了，」遲曜說：「但是妳掉了一樣東西。」

林折夏背著斜背包，無奈地看他：「你最好不要說我掉的是你，這種土味情話已經過時很久了大哥。」

遲曜把那把備用鑰匙掛在手指間，勾著它轉了半圈，鑰匙在空氣裡晃了下，最後落在她眼裡：「……掉了這個。」

林折夏怔愣間，他乾脆直接抓起她的手，把新鑰匙放進她張開的掌心裡。

「拿好了。」

這一幕和多年前，遲曜把他家鑰匙給她的那一幕很像。

只不過那時候，遲曜嫌煩，以一種別再打擾他的模樣把鑰匙扔給她：「下次自己開門進來。」

而且那把鑰匙也早已經作廢。

這一刻她才反應過來，為什麼選房子的時候，遲曜會說她的意見很重要。

遲曜租完房後，迎來了寒假假期。

遲寒山和白琴都在京市，這次放假過年他自然也得回京市。

林折夏有點不習慣，畢竟以前兩人都是一起在南巷街過年。

「怎麼，」遲曜見她垂著嘴，「捨不得我走？」

「有一點。」

林折夏伸手比劃，「但只有一點點。」

但遲曜能和叔叔阿姨一起過年，她又替他感到開心：「我會打電話給你的，新年那天，零點的時候。」

她說這話的時候彎起眼睛，笑吟吟的樣子，和以前每一次陪他過年的時候一樣。

「好。」

「你要陪我守歲。」林折夏得寸進尺地說。

遲曜還是說「好」。

在車站分別前，兩個人黏在一起說了一下話，何陽拖著行李，站在旁邊等他們：「說完沒，我真是服了，你們天天在一起，怎麼還那麼多話。」

「假期也就沒幾天，至於嗎。」

「你們非要這樣，還要我站在旁邊等著，考慮過我嗎。」

遲曜像是覺得他說的話很可笑，收起對著林折夏那副妳說什麼都對的樣子，眼皮微掀：「考慮你幹什麼。」

何陽：「……」

何陽：「怎麼說我們也是好兄弟。」

「我這個人，」遲曜理直氣壯地承認，「見色忘友。」

何陽極其緩慢地把目光投在林折夏身上，像是無聲地在說「妳倒是管管他」。

林折夏在這種時刻，體現出男女朋友一致對外的特點，她慢吞吞地說：「不好意思，我也是。」

何陽閉上眼。

絕望了。

「絕交吧，」他悲痛地說：「不想和你們兩個人做朋友了。」

林折夏和何陽一起拎著行李箱回社區。

她剛出電梯，正好撞上在貼春聯的魏平。

魏平：「回來啦，東西放著吧，我幫妳拎進去。」

林折夏把手裡的袋子遞給他，介紹道：「一些漣雲在地的……特產，雖然我也不知道我作為一個在地人，為什麼要買在地特產，可能是因為這樣比較有回家過年的氣氛吧。」

魏平一本正經地認可她：「妳的考慮，有點道理。」

林折夏：「是吧。」

魏平：「正好過年，回味一下在地特產，也挺好的。」

林折夏：「我覺得也是。」

這番對話被門裡的林荷聽見，林荷正在忙著收拾林折夏的臥室，太久沒人住，床單被套都得換新的，她的聲音遙遙傳出來：「是個頭啊——錢多到沒地方花是不是？買什麼在地特產，遲曜也沒攔著妳點。」

林折夏：「……」

這麼多年在林荷手底下苟活，她對林荷的數落早已經免疫。

今年冬天依舊很冷。

外面掛著雪霜，還有紅色的彩帶。

新年這天，林折夏開始準備紅包給別人。

「我也還是個孩子，」她包紅包之前抗議了一下，「大學生不是學生嗎。」

「妳好意思嗎？」林荷反問她。

「我好意思啊。」

但不論她再怎麼說，她還是給等等要來拜年的其他小朋友們包了幾個紅包。

這天第一個來的，是之前來他們家拜過年的小弟弟，那男孩長高不少，進門第一句話就問：「妳哥哥呢，今天不在家嗎？」

林折夏蹲下身，把奶糖和紅包一起塞進他手裡：「新年快樂，但那不是我哥哥。」

男孩說了句「謝謝姐姐」，又問：「不是妳哥哥那是妳的誰啊？」

「他是姐姐的男朋友。」

這個詞顯然對他這個年紀的小男孩來說有些超過範圍了：「男朋友是什麼意思？」

林折夏想了想：「男朋友的意思就是……一個姐姐很喜歡很喜歡，很想一直和他在一起的人。」

小男孩「哦」了一聲：「那我也有女朋友。」

林折夏：「你女朋友是誰？」

小男孩：「鋼鐵人。」

「……」

「鋼鐵人不能算你女朋友。」

「為什麼不能？我很喜歡他，也很想一直和他在一起。」

林折夏吐了一口氣，決定不再繼續和他聊這麼超過範圍的話題：「你期末考試考得怎麼樣？幾分啊？」

這一次他考得顯然不太好。

也不像前兩年那樣，不再主動自爆成績。

小男孩主動結束話題：「聊天結束，謝謝姐姐的紅包，我要趕著去下一家了。」

「……」

小男孩走後，林折夏癱在沙發上傳訊息給遲曜吐槽。

『就上次那個，你還記得吧？』

『我說你不是我哥哥，是我男朋友。』

『結果聊到最後，他說鋼鐵人是他女朋友。』

『……』

『算了。』

『他還只是個孩子。』

遲曜回得很快，應該也在被父母按著拜年。

『告訴他，不是每個人長大後都會有女朋友。』

林折夏回覆六個點：『……』

還好人已經走了。

還好今年過年，他不在這。

不然說不定他會對這些孩子亂說什麼。

過了一下，林折夏去廚房幫林荷切水果，切完水果，又去戳了戳遲曜：『你在幹嘛呢？』

情侶之間的「你在幹什麼」，約等於「我想你了」。

兩人難得分開，林折夏今天說這句話的頻率增多。

『禮尚往來。』

『在跟旁邊的小孩說我有女朋友了。』

林折夏腦補了一下那個畫面：『那人家怎麼說？』

『她說「我又沒問你」。』

『「你有毛病」。』

林折夏倚著廚房的門，突然笑出了聲。

談戀愛好像會讓人做出很多平時不會做的幼稚的事情，比如她對著小男孩解釋什麼是男朋友，比如他這種從來都對孩子愛理不理的人，會去主動和人搭話，居然還被嫌棄。

天黑下來之後，走動的親戚都散了場，春節節目播到尾聲，進入倒數計時階段。

在電視裡女主持人喊「準備好跟我們一起倒數計時迎接新的一年了嗎——」的同時，遲曜打來一通視訊電話給她。

視訊裡率先出現的不是他的臉，而是一片漆黑，就在林折夏想問「怎麼看不見你」的時候，那片漆黑之中有一抹光亮閃了一下，接著，無數道煙火躥上高空。

『膽小鬼，』視訊裡傳來他的聲音，『看煙火。』

林折夏今年沒有買煙火，以前一起放煙火的人也不在了，她沒什麼心思自己出去放。

而且今年漣雲部分地區禁放煙火，所以外面難得的安靜。

京市和這裡真的截然不同。

整座城市空曠又廣袤，周圍人說話時的方言也和漣雲這邊大相徑庭。

過了一下，等煙火燃放完，她才在視訊裡看見了遲曜的臉。

「你剪頭髮了嗎，」林折夏問，「看起來短了一點。」

遲曜『嗯』了一聲，然後繼續和她說著話：『收壓歲錢了嗎？』

視訊裡，林折夏卻遲遲沒有回應。

她整個人突然有點僵，看起來坐立不安的樣子，臉上的笑容也變得尷尬起來。

遲曜後知後覺，意識到了什麼，於是微微側了下頭，果不其然，看見遲寒山和白琴一左一右湊到手機螢幕前的臉。

遲寒山：『別那麼小氣，讓我跟你媽也瞧瞧。』

遲曜：『……』

林折夏調整了一下，才怯生生地抬手跟他們打招呼：「叔叔阿姨好。」

白琴的臉還是記憶裡的那樣，女人久經商場多年，透著一股精明感，明明五官哪裡都沒有變化，但此刻這股精明感褪去了很多，泛上來一種柔和感。

她一邊打招呼一邊想，她今天儀容儀表怎麼樣。

剛才坐姿還算端正吧。

頭髮呢，癱在沙發上癱了那麼久，沒亂吧。

等遲曜拎著手機去沒人的地方和她繼續說話，她才回神：「他們沒有不喜歡我吧，我剛剛表現的是不是很尷尬。」

遲曜：『沒有，他們很喜歡妳，我也很喜歡妳。』

末了，兩人幾乎同時對對方說：「新年快樂。」

她掛斷電話，才想起來她還沒回答遲曜剛才那個關於壓歲錢的問題。

她今年根本就沒有收到壓歲錢。

本來這是一件很小的，不值一提的事情。

但是她可以對著遲曜「無理取鬧」，表達一下委屈。

她對壓歲錢的抗訴才訴說到一半，還沒把手裡那段話完全打好傳過去，手機很輕地震動了下。

『「男朋友」轉帳給您。』

林折夏把原先想說的話逐字逐句刪掉，最後傳過去一個問號。

男朋友：『今年搜刮到的壓歲錢。』

男朋友：『上交一下。』

男朋友：『反正以後薪水也得上交，就當提前演習了。』

新年過後，假期顯得漫長起來。

林折夏和唐書萱還有陳琳約著聚了一次，起先她們幾個各自聊自己在學校裡發生的事情，什麼唐書萱最近有了一個追求者，陳琳期末差點被當，聊到林折夏的時候，她還沒說什麼，放在旁邊的手機先響了一下。

「誰啊？」陳琳問。

林折夏看都沒看：「遲曜吧。」

然後她吃了兩口面前的蛋糕，才當著她們的面解鎖手機。

然後唐書萱和陳琳猝不及防地，看見了「男朋友」這個備註。

唐書萱：「……」

陳琳：「……」

「不是，」過了好久，唐書萱找回自己的聲音，「你們真的在談啊？當時不是在開玩笑？」

「……」

林折夏：「誰會拿這個開玩笑。」

唐書萱：「主要是妳和遲曜……」

唐書萱說「怎麼可能在一起」，但是她忽然間，當某個點轉過來之後，她忽然想，他們為什麼不可能在一起。

他們是彼此在這個世界上，關係最緊密的人了。

跟唐書萱和陳琳約完之後，這個假期變得更加漫長。

她把假期作業寫完後，想起那天吃飯時遲曜傳來的訊息，是說自己提前返校了。

於是林折夏在家裡躺了幾天，也按捺不住，跟林荷商量：「媽，我打算回學校了。在這也沒什麼事做，妳整天看著我也挺煩的，不如我還妳一個清淨，我先回學校了。」

林荷：「我看是妳嫌我煩吧，嫌我在家裡總碎碎念妳。」

林折夏：「……妳要這麼理解也行。」

林荷白她一眼，但也沒阻攔：「妳要回就先回去吧，妳天天待在家裡也沒事幹。」

林折夏原先以為遲曜說自己「返校」，潛意識默認學校宿舍現在可以入住了，於是收拾好東西，買了車票回漣大。然而當她拖著行李箱，走到女宿門口，看著門口緊緊纏繞的鐵鍊和掛著的鎖，有點傻眼。

「阿姨，」她見到在附近打掃衛生的人，攔下來問了一嘴，「宿舍沒開嗎？」

那阿姨看了她一眼：「同學，沒到返校時間，不讓進。」

「……」

林折夏拖著行李箱，手裡攥著鑰匙串蹲在女生宿舍門口，拿出手機傳訊息給遲曜。

『你真的返校了？』

遲曜回覆她一個「？」。

林折夏打字：『你們男生宿舍難道開門了嗎……』

她沒傳出去，低頭去看手裡攥著的鑰匙，看到其中一把，這才反應過來：他有住的地方，不用住宿舍。

『我現在在女生宿舍門口，』林折夏最後按下語音鍵，一字一句地說：『你可能得過來接一下我。』

半小時後，林折夏站在他租的房子門口。

遲曜拎著她的行李箱，推開門：「怎麼不進去。」

林折夏拖拖拉拉：「哦。」

遲曜租的房子是一房一廳，只有一間臥室，裝修明亮乾淨，從門口走進去就是玄關，玄關處擺的擺件還是她之前和他一起去添置物件時買的。

在她之前的構想裡，她會像以前那樣，偶爾來他家坐一下。

現在意外住進來，還得住到開學，完全在她意料之外。

進屋後，她把行李箱裡的東西拿出來：「你衣櫃裡還有位置嗎？」

「有。」

林折夏開始搬運自己行李箱裡的衣服，她先運了幾件外套過去。

等她再折返過來，看見遲曜蹲在她行李箱旁邊，試圖幫忙，他的手翻過疊在上面的一件毛衣，準備連著下面的衣物一起拿起來。

「等下，」林折夏想衝過去，但和行李箱還有一段距離，只能紅著臉喊，「……你別拿那個。」

但她話說得太晚。

因為遲曜的手頓了一下，也摸到了下一層的東西。

很軟。

有蕾絲花邊。

也有細細的帶子。

他手指已經把它挑了起來，內衣頓時暴露在空氣裡，白色，很簡單素淨的樣式。

和他曾經在廚房不小心勾過的那件，看起來很像。

林折夏走過去，蹲在行李箱另一邊，把內衣搶過來壓在毛衣下面，自欺欺人地說：「你什麼都沒看見。」

「我又不瞎。」

遲曜似乎是覺得有意思，捏了下骨節，懶洋洋地評價了一句：「……還挺可愛。」

林折夏面色通紅。

他是想說小吧。

第二十四章　吃醋

到晚上洗澡的時候，林折夏犯了難。

她雖然帶了幾套衣服，唯獨沒帶睡衣。

不管是在家裡，還是寢室裡，她都放了兩套睡衣，所以她拎著行李箱返校的時候根本沒想到要帶。

她想了下剛才往遲曜衣櫃裡掛的衣服。

除了外套就是很厚的毛衣，好像也不是很適合穿著睡覺。

遲曜在客廳，屈著腿坐在沙發上等她洗完澡之後他去洗，手指按在遙控器上，還沒切幾個臺，就見剛才進浴室的女孩子又拖拖拉拉地出來了。

林折夏站在浴室門口：「你……能不能借我件衣服穿。」

她又說：「我沒帶睡衣。」

「……」

遲曜搭在遙控器上的手頓了下。

然後他起身，帶著她去衣櫃裡拿衣服：「過來。」

遲曜衣櫃裡衣服其實也不多，男生本來也沒那麼愛買衣服。冬季和夏季的衣服分門別類擺放著，薄一點的衣服有幾件他常穿的襯衫和T恤。

林折夏看一眼，覺得眼熟，甚至都能想起來這幾件衣服穿在他身上的樣子。

「挑吧，」遲曜隨口說：「哪件都行，隨妳穿。」

林折夏慢吞吞地問：「沒有你沒穿過的嗎？」

遲曜眉尾挑了一下。

林折夏：「之前你不就給過我一件沒穿過的。」

「之前，」遲曜扯了下嘴角，想敲下她的腦子，「之前我們是什麼關係？」

「好朋友……」

「現在呢？」

「男朋友。」

他沒等林折夏挑衣服，直接伸手拿了一件白色襯衫：「所以現在妳可以穿我穿過的衣服了，懂嗎，女朋友。」

「……」

她做事之前應該更謹慎一點的。

比如說返校前打個電話問一下。

林折夏抱著遲曜穿過的衣服，重新進浴室的時候想。

不然也不至於淪落到現在的境地。

但凡事沒有如果。

林折夏在浴室裡磨蹭了很久，久到遲曜在門外敲門：「妳打算睡在浴室裡嗎？」

林折夏這才擰開門把，探出一個腦袋：「不是，是你這件衣服好像有點太大了……」

遲曜眼神黯了一下：「妳出來，我看看。」

遲曜的衣服她基本都可以當裙子穿。

她說的太大，倒不是長度上的問題，而是……

遲曜拉著門，把門拉開後，看到了他那件襯衫穿在林折夏身上的樣子。

女孩子頭髮微濕，衣擺垂到她細且直的腿根處，襯衫衣領對她來說過分寬大了，女生瘦弱的鎖骨一覽無餘，甚至再往下，還能隱約窺見她裡面穿著的吊帶內衣，襯衫被撐起來一些，微微隆起一點弧度。

他看了一眼，控制不住眼神，想繼續看下去，又想別過頭避開。

在遲曜隱晦的目光下，林折夏不太適應地雙手環胸，盡量降低自己的存在感，試圖跟他商量：「要不然換一件？」

襯衫看起來好像有點暗示性。

而且這件衣服，遲曜穿過好多次。

雖然洗過，但她總覺得衣服上似乎還殘留著他的氣息，有一種很奇妙的包裹感。

遲曜看了她很久，最後輕輕吐出一口氣：「就這件吧，不用換。」
林折夏「哦」了一聲，把浴室空出來讓給他。
她正在努力適應身上這件襯衫，林荷打來一通電話給她。
『到學校了嗎？』
林折夏有點心虛：「到了。」
林荷：『妳走的時候我就想問妳，現在還沒到返校時間，學校讓妳回去住嗎？』
「……」
林荷不愧是林荷，好像在她身邊裝了監視器一樣。
她當然不能說宿舍根本沒開門，說了肯定又要被林荷數落一頓：「讓的，我現在已經在宿舍了，學校裡也有很多像我一樣好學的學生，提前返校在圖書館裡念書。」
林折夏話說得一本正經。
加上大學和高中不同，自由度更高，也不是沒有可能在假期開放給學生，林荷沒有起疑：『行，那妳好好念書吧，有什麼事就打電話給我和妳魏叔叔。』
『遲曜是不是也返校了？』林荷又問。
林折夏：「啊……嗯。」
林荷：『我就猜到。』
掛斷電話後，林折夏理了一下襯衫領口，然後安慰自己「她穿她男朋友的衣服而己」，「而且那可是遲曜，跟遲曜之間有什麼不好意思的」。

或許是心理療法起了作用。

她看了一下電視，還真的習慣了一些。

但這份習慣很快被遲曜打破。

遲曜從浴室出來之後，又去廚房拿了瓶飲料，他捏著冒著涼氣的汽水，坐到她身邊。沙發一下子陷進去一塊。

兩個人身上同款沐浴露的味道在空氣裡交融，又開始分不清是誰身上的氣味，兩人的氣味越來越接近彼此。

遲曜掃了電視螢幕一眼：「卡通？」

林折夏說：「隨手換的。」

電視上，汽車人正在對戰，一通花裡胡哨的變身之後，開始互相打架。

她放下遙控器，試圖找話題：「以前你好像陪我看了一個假期的卡通。」

那是小學某個暑假的事了。

遲曜身體不好，經常不出門，林折夏想找他，又拉不下臉，也找不到理由。

畢竟當時兩個人的關係還算不上融洽。

最後她從家裡拿了一套《夢幻小精靈》卡通，去敲遲曜家的門，抿著嘴，僵硬地說：「我家電視機壞了。」

當時的死對頭遲曜對她很是冷淡：「壞了就去修。」

林折夏有點惱火：「修不好了。」

「妳家沒錢嗎？」遲曜涼涼地問她，「買不起新的？」

林折夏很想帶著她那套卡通轉頭就走，就讓這個討人厭的病秧子一個人關在家裡，悶死他算了。

但是她最後還是深呼吸了兩下說：「我家就是很窮，怎麼樣，你不讓我進去看，我就揍你。」

遲曜一臉「妳有病」的表情。

兩人在門口僵持了一陣，最後他還是讓她進了門。

遲曜也記得這件事：「叫什麼夢幻小精靈是吧。」

林折夏：「你還記得啊。是不是挺好看的，你當時只是故意在言語上嫌棄它，其實也被它深深吸引了吧。」

遲曜擰開汽水瓶蓋：「只有妳會被這種卡通深深吸引，我會記得不是因為它好看。」

只是因為，是跟她一起看的。

他記得那個暑假。

他一如既往地待在家裡寫題，從未想過這個無聊枯燥的假期還會出現其他可能，然後有個人敲響了他家的門。

林折夏追問：「那你為什麼記住了？」

遲曜像往常一樣，故意對她說：「因為太幼稚了。」

「……」

遲曜補了一句，「怎麼會有人看這麼幼稚的東西。」

林折夏在心裡翻個白眼，切換頻道。

下一個頻道在上演愛情片，而且時機恰好卡在男女主角的曖昧戲上，女主身上裹著浴巾，男主一隻手撐在女主背後的玻璃門上，低下頭緩緩向她靠近。

「………」

林折夏下意識按在電源開關上，關了電視。

電視螢幕切斷電源，變得漆黑一片。

因為電視裡的聲音消失，整個客廳安靜下來。

靜得她能聽見遲曜拎著的那瓶汽水裡很輕微的「滋滋」氣泡聲，碳酸氣泡被空氣無形戳破。

半晌，遲曜問：「怎麼不看了？」

林折夏隨口扯：「因為我還是個孩子，不能看這種。」

說完，她隱約察覺到即將發生些什麼，並且這種預感越來越強烈。

她心跳加劇，不自覺地抓緊沙發上鋪著的毯子。

遲曜看向她，視線落在某一處。

「雖然是有點小……」他說：「但孩子不能看的這種事，應該還是能做的。」

林折夏又羞又惱，脫口而出一句：「你才小。」

話雖然這樣說，在和遲曜戀愛之後，她也有偷偷擔憂過。

她身上不長肉。

林荷也總說她太瘦了。

她這三個字像某種開關，說出口之後，一陣天旋地轉，等她反應過來，人已經被遲曜壓在身下，他的手指緊緊禁錮住她的手腕，鼻梁幾乎撞上她的。

他的聲音在她耳邊低語，不再克制：「我小不小，妳得看了才知道。」

他說到這，語調頓了下。

然後他鬆開一隻禁錮她手腕的手，不動聲色地領著她的手往下：「或者，摸一下也行。」

林折夏大腦一下變得空白。

遲曜的手剛才碰過冰鎮飲料，搭在她手腕上，很涼。但是她被他冰冷蒼白的手指領著，碰到了一片滾燙。

並且那片滾燙，還有在不斷升溫的意思。

時間從這一刻開始變得極慢。

她感覺到遲曜的吻落在她肩上——她身上那件不合身的襯衫鈕扣不知什麼時候自己開了兩粒，衣領大開，凌亂地露了半片肩。然後那個吻不斷往下。

到某個節點，她忍不住掙脫遲曜的手，女孩子纖細柔軟的手指控制不住地探進他的頭髮裡。

她的手指指節因為緊張和感受到對方的動作而繃緊泛白。

偏偏某個人還不肯放過她，在她耳邊低喃著問：「小嗎，嗯？」

「……」

不小。

但她說不出口。

在她承受不住之前，遲曜忽然放開了她。

他的手撐在她頸側，兩人很艱難地擠在一張沙發上。

他身上那件衣服也已經在不知不覺間被她扯得不成樣子，然後他起身，鬆開了她，試圖從沙發上翻身下去。

林折夏以為他是要像上次在飯店裡那樣放過她，然後獨自去浴室洗澡，她自己都沒想清楚自己現在的想法，手已經先伸了出去——她的手抓住他的衣服下擺。

明明一個字都沒說。

但又好像什麼都說了。

「我去拿個東西，」遲曜聲音有點啞，「……沒打算放過妳。」

很快，她就知道他拿的是什麼「東西」了。

很薄的一片被遞到她手裡。

「拆一下。」

兩個人不知道是什麼時候開始轉移陣地，從沙發轉移到臥室，她跌進柔軟的被子裡，感覺整個人都在發燙。在失去理智和言語之前，她最後說了一句「關燈」。

「啪嗒」一聲，燈滅。

整間臥室暗下來，看不清彼此。

但是另一種感受卻在不斷放大，她手指攀在遲曜後背上，像海裡的浮萍，幾乎要溺死在這片海裡。遲曜有時候會附在她耳邊說話，動作力度不減，說的話卻判若兩人：「要我輕點嗎。」

林折夏以為他在給她喘息的機會，像小貓似的很細地哼出一聲「嗯」來。

但是並沒有。

他那句話好像只是隨便問問，不論她的回答是什麼，他都沒打算停下。

林折夏最後聲音沾上細微的哭腔：「……你給我出去。」

「什麼？」

「……出去。」

「怎麼辦，」遲曜的聲音散漫的聲音沉下來，氣息不太平穩，咬著她的耳朵說：「還沒待夠。」

「……」

林折夏已經沒有力氣再說話，她攀在他背後的手指控制不住，指甲掐進去一些，連帶著其他聲音一併被吞沒在繾綣漫長的夜色裡。

林折夏不記得昨晚她是什麼時候睡著的了。

記憶裡，她最後哭著哭著睡了一下，然後又醒了，她睜開眼，遲曜正抱著她往浴室走。

「……」遲曜見她醒了，說：「妳渾身都是汗。」

林折夏：「我自己洗。」

「妳腿軟，讓妳勾我腰都纏不住，能下地嗎。」

「……」

遲曜摟著她的腰，小心翼翼地把她放在浴室洗手臺上，然後去調試水溫。

林折夏手撐著冰涼的大理石檯面，還是覺得整個人都在發燙。

她最後在洗澡中途闔上眼，睡得很沉，第二天醒來身邊的人已經不見了。

她感覺渾身都像散了架一樣。

正昏沉地想遲曜去哪了，聽見外面廚房有響動。

昨天晚上那件白襯衫已經皺得不成樣子，她從衣櫃裡翻出自己那件毛衣換上，然後踩著拖鞋走出臥室。

遲曜正在廚房幫她做早餐。

少年身上穿著一套很寬鬆的居家服，褲管垂到腳踝處，整個人看起來還是很肆意，只是他做飯的動作讓他平添了幾分難得的柔和。

陽光從側面窗戶照進來，他把鍋裡的荷包蛋翻了個面，頭也沒抬：「醒了？」

林折夏：「嗯。」

遲曜：「有沒有哪裡不舒服。」

其實哪裡都不太舒服。

但她不好意思說。

「沒有，」她打起精神，「我身強體壯。」

遲曜關了火，用筷子夾起煎蛋，擺在旁邊的餐盤裡，聞言，他意有所指地說：「是嗎。」

林折夏眉心一跳，隱約察覺到什麼。

果然，下一秒，遲曜又說：「所以下次妳再哭著說不行的時候，就是想讓我繼續的意思了。」

他尾音轉了一下，「畢竟妳，身強體壯。」

「……」

她就知道。

「我剛剛在逞強，」林折夏手縮在毛衣袖子裡，絕望地替自己補充，「其實我很柔弱的，但我這個人比較好面子。」

遲曜知道她昨晚太累，只是隨口逗弄下她，很快略過這個話題，夾起烤好的麵包片，又把餐盤端到餐桌上：「過來吃飯。」

林折夏乖乖坐下：「哦。」

林折夏啃麵包片的時候，沒來由地想：他們這樣算不算是同居啊。

這個感受來得後知後覺。

因為她從小和遲曜待在一起，共處一室的經驗太多。

所以一開始還沒覺得住在他家是一件怎麼樣的事情，只是想到要睡在一起，短暫地尷尬無措過。

她喝了口牛奶，牛奶溫度剛好，不冷也不燙。

放下玻璃杯的時候，她想：以後和他一起生活的感受，原來是這樣的。

她關於未來的所有幻想，都在這一刻落地，有了具體畫面。

如果她未來的生活是這樣的話……

好像還不錯。

「吃個飯，笑什麼。」遲曜問她。

林折夏不想回答：「法律規定吃飯不能笑嗎。」

遲曜吃得比她快，兩個人時不時會像以前那樣互不相讓地鬥個嘴：「你家有個客人洗碗的規矩，還記得嗎。」

林折夏加速吃早餐的速度，免得自己吃太慢，等等逃不脫洗碗的宿命。

她把剩下的麵包片塞進嘴裡，然後鼓著嘴說：「我又不是客人。」

遲曜示意她繼續往下說。

林折夏有點不好意思，聲音含糊了一點：「……我是，女主人。我們家沒有規定要女主人洗碗。」

「嘖，」遲曜伸手抽走她手裡的餐盤，「這個理由我接受。」

吃完早餐後，林折夏躺在沙發裡不肯動彈。

她實在太累了。

她懶洋洋地看了一下手機，何陽傳來訊息給她。

『剛去妳家找妳，妳媽說妳返校了。』

林折夏熟練地回了個句號：『。』

大壯：『……』

大壯：『妳返個鬼的校啊，學校不讓住吧。』

大壯：『你們漣大難道和我們師範不一樣？』

林折夏也得騙過何陽，不然容易在林荷那邊穿幫，於是回覆他：『當然不一樣，分數線就不一樣。』

大壯果然一秒結束聊天：『再見。』

遲曜有系上的東西要忙，去了學校，林折夏一整天宅在客廳看電視。

假期檔期，電視連續劇有兩部是最近的熱門。

她看了一下，門鈴響了。

『有人按門鈴。』

她怕影響遲曜，於是沒有打電話，在手機上傳訊息給他提醒。

『你買了什麼東西嗎，還是你朋友來找你？』

遲曜只回了三個字。

『去開門。』

林折夏走到門口，透過門縫看到門外的外送員。

外送員把一袋東西遞給她：「您好，林女士，您點的外送。」

林折夏愣愣地伸出手：「……啊，謝謝。」

她沒點外送啊。

但等她接過袋子裡的東西，立刻反應過來是誰點的了。

袋子裡滿滿當當的都是零食，還都是她最喜歡的那幾樣。

以前她去遲曜家看電視都要自備零食，後來時間久了，他會在家裡放一點，只是嘴裡不承認說是別人送的，但林折夏不只一次在心裡默默吐槽過這個人哪有什麼送零食的朋友。

這次她來得匆忙，遲曜大概沒時間準備，又猜到她會在家裡看劇，所以忙裡抽空幫她點外送。

她把袋子裡的東西拍下來，傳過去給遲曜。

『你買的嗎？』

男朋友：『鬼買的。』

林折夏沒忍住笑了下，然後拎著零食袋繼續在沙發裡縮著：『表現不錯。』

男朋友：『等等回去有獎勵嗎？』

林折夏：『我考慮一下。』

她傳完之後拆了袋零食繼續看劇，看著看著，她又睡了一覺，差不多傍晚晚飯前，遲曜回來了。

遲曜回來的時候她剛睡醒。

眼睛都沒完全睜開，隱約模糊地看到有個人影蹲在她面前，很輕地拍了下她的腦袋，好像她是某種寄養在他家的寵物：「餓不餓？」

林折夏意識清醒了一些：「不餓。」

畢竟下午吃了那麼多零食。

「還不舒服嗎。」

「……沒有不舒服了。」

話音剛落，蹲在她面前的遲曜又問：「獎勵呢。」

「什麼獎勵？」

林折夏反應慢半拍，把之前的聊天忘得一乾二淨。

等她恢復意識，慢吞吞地從沙發上坐起來，她蜷起腿，鼓起勇氣對遲曜勾了勾手指：「那你靠過來一點。」

遲曜此刻正蹲著，手腕搭在膝蓋上，哪怕蹲著，這個人的腿型依舊優越。聞言，他俯身向前，向她靠近了些。

林折夏抬手環住他的脖子，湊過去親了他一下。

「沒了？」

「沒了，」林折夏鬆開手，「你別得寸進尺。」

遲曜也沒繼續話題，他站起來，向她伸手，把她從沙發上拉起來：「走吧，帶妳出去吃飯，順便去趟超市。」

林折夏來得匆忙，雖然之前兩個人也一起布置過很多東西，但當初沒考慮到她會暫住，家裡還是缺了很多女生用的日用品。

林折夏在家裡宅了一天，正好也想出去走走。

於是兩個人換了衣服一起出門，出門前，遲曜把掛在玄關處的那條灰色圍巾掛在她脖子上。

認認真真地繞了幾圈，把她裹得像顆球。

「外面挺冷的，你不戴嗎。」林折夏的聲音透過圍巾悶悶地傳出來。

「哦，我要保持形象，」遲曜最後還幫她打了個結，「妳一個人出去丟人就行了。」

林折夏：「……要不然這圍巾還是還你吧，我不想當襯托你帥氣的綠葉。」

遲曜不想跟她商量，牽著她的手出了門。

簡單吃過飯，兩人去超市。

路過女性用品專區，林折夏比遲曜還尷尬。

因為貨架上，琳琅滿目擺的都是各個牌子的衛生棉。

林折夏扯了一下他的袖子：「衛生棉……這個我可以自己買。」

遲曜：「我不能買嗎？」

林折夏反問：「你不覺得尷尬嗎？」

遲曜研究了一下衛生棉的尺寸和種類，往推車裡扔了幾包：「妳可能會用到，所以不覺得。」

剩下需要買的東西，是睡衣，還有新的毛巾什麼的。

林折夏跟在推車後面，走路很慢，路過冰櫃的時候她停了一下，然後小心翼翼地伸手去拿了一盒霜淇淋。

以前在家裡，冬天吃霜淇淋會被林荷數落，所以她潛意識裡認為遲曜可能也不會讓她買。

她自以為神不知鬼不覺地把霜淇淋藏在推車底下，沒有被遲曜發現。

很快到了結帳的時候。

兩人在收銀臺排隊結帳，輪到他們的時候，遲曜一樣一樣把推車裡的東西拿出來。

「食品類的沒有了嗎？」收銀員問，「我們今天食品類有折扣，最好一起掃了。」

林折夏心虛地瞥了推車一眼，不知道要不要說有。

遲曜開口：「還有。」

然後他的手挑開上面一層的東西，像找小孩藏匿的零食似的，把她剛才自以為沒被發現的那盒霜淇淋拿了出來：「這個。」

林折夏小聲說：「你怎麼知道我拿了？」

遲曜：「冰櫃那一整面的鏡子，妳看不見？」

林折夏：「……」

遲曜又說：「一天只能吃一盒。」

林折夏張張嘴：「哦。」

末了，趁收銀員在掃其他東西，遲曜說：「買了霜淇淋給妳，是不是很感動。」

林折夏馬屁張口就來：「非常感動，今天是我人生中難忘的一天，我會永遠銘記——」

「那幫妳男朋友拿樣東西。」

遲曜聲音放低，指了指後面的零售貨架，尾音略微拖長著故意用只有兩個人能聽見的聲音說：「……去拿一盒昨天妳拆過的，尺寸妳應該知道。」

他們隊伍後面只有兩三個人在排隊，排隊的人低著頭玩手機。

林折夏耳尖騰地一下紅了。

「你……」

她你了半天。

最後打算眼一閉心一橫過去拿。

遲曜又伸手拉住了她的手腕：「騙妳的。這種東西，怎麼可能讓妳去買。」

提到這件事，林折夏才發現自己一直遺漏了一個細節：「你之前居然提前準備了。」

遲曜不以為意。

林折夏：「你不要臉，居心不良，居心叵測，圖謀不軌。」

遲曜掃碼付款，拉著她從出口出去，對她遣詞造句的能力表達出一定認可：「成語用得不錯。」

林折夏在遲曜家住了小半個月。

家裡到處都有兩人的痕跡，從臥室到沙發，再到浴室，甚至……那扇林折夏來看房時喜歡的落地窗都沒能倖免。雖然晚上窗簾緊閉著，但她還是有一種被「窺探」的感覺，生怕遲曜故意掀開窗簾作弄她。

最後她由於站不穩，整個被他托起來，渾身顫慄。

她聽見耳邊的聲音在呢喃：「……這麼膽小。」

「窗簾關著，沒人會看見。」

「萬、萬一……」

「哪來的萬一。」

林折夏哆嗦著說：「可能不小心會碰到。」

「那換個地方，」遲曜故意停了下，「妳想去哪裡。」

「……」

她哪裡都不想去。

她想返校。

林折夏幾乎是數著指頭過日子，她在遲曜家住了小半個月，總算等到返校日。

這小半個月她已經和遲曜摸索出明確的家務分工。

今天她下廚做早餐，正在煎麵包片，遲曜不知道什麼時候走進廚房，從身後摟住她：

「今天返校？」

林折夏昨晚沒睡好，有點睏地說：「嗯。」

遲曜喊她：「林折夏。」

林折夏言簡意賅：「說。」

遲曜：「辦個通勤吧。」

「……」

林折夏有氣無力地說：「你早餐別吃了，餓死吧。」

吃完中途，遲曜還想勸她辦個通勤，提醒她：「住校要熄燈。」

林折夏：「不麻煩，能督促我每天十點上床睡覺，早睡早起，我愛熄燈。」

「查寢也挺煩的。」

「我認為，」林折夏咬著麵包片說：「學生就是應該尊重校紀校規，感受大學生活。」

「……」

這時，藍小雪正好打電話給她：『夏夏，妳什麼時候到學校啊？我沒帶鑰匙，現在關在寢室外面呢，舍監阿姨好凶，我不敢下去借鑰匙。』

林折夏看了遲曜一眼，飛快地說：「我很快就到了，妳等我一下。」

林折夏掛斷電話後，對遲曜晃了晃手機：「我吃完得回去了，我的室友很想我。」

遲曜涼涼地說：「那我想妳的時候怎麼辦。」

林折夏想了想：「那我……勉強允許你想一下。」

闊別一個假期，寢室幾人見面分外熱情。

「妳是不是胖了？」秦蕾問藍小雪。

藍小雪照了照鏡子：「過年吃太多，胖了兩公斤，很明顯嗎？」

「兩公斤是還好，但妳個子也不高……」

「妳罵誰矮，我再說一遍，我有一百六十公分。」

兩人吵了一個回合。

藍小雪轉頭問林折夏：「妳剛到嗎？早點說啊，說不定我們還能一起從車站搭計程車過來。」

林折夏含糊地應了一聲，沒說自己是從遲曜家過來的：「算是剛到吧。」

很快，話題從過年吃太多轉移到另一個地方。

「過兩天社團招新，我們要不要一起參加同一個社團？」

藍小雪對學校動態掌握得比較多：「我知道哪個社團帥哥比較多，我們到時候一起去吧。」

林折夏對這些沒什麼興趣，但她也比較傾向團體活動，不想一個人落單，於是答應下來。

晚上睡前，她向遲曜報備：『我要去參加社團招新。』

『哪個社團？』

林折夏故意回他：『帥哥多的社團。』

遲曜大概在忙，過了一下，他回過來一個問號。

『？』

但林折夏已經睏了，沒繼續和他聊天，手一鬆，手機落在枕邊。

社團招新日當天，學校裡搭了好幾排簡易遮陽棚。

哪怕是凜冬，太陽也依舊刺眼，這些平頂棚遠遠看過去像一個個小帳篷，每個棚裡都有一張長桌和幾把椅子。長桌上擺著社團介紹，和各種社團的名字，琳琅滿目的。

藍小雪領隊，帶她們去滑板社。

秦蕾懷疑：「妳確定滑板社帥哥很多嗎……」

藍小雪：「確定，我拿我的人格擔保。」

她話音未落，又補充了一句，「不過要帥成某人哥哥那樣大概是不太可能了，畢竟她哥哥那種程度的，全校都找不出第二個——」

幾人邊走邊說話。

其實她們之間很少過問林折夏和遲曜的事情，不是高中那時了，大學生社交難免更有分寸些。

秦蕾直到現在才找到機會問她：「妳和遲曜一起長大，從小對著這張臉，是什麼感受啊？」

林折夏覺得這個問題多少有點耳熟，以前陳琳好像也問過這個問題。

「說實話，」反正遲曜不在，她故意說：「有點看膩了。」

藍小雪：「那正好跟我們一起過去看看。」

雖然她這麼說，但對看其他人完全沒什麼興趣，純粹過去看個熱鬧。

她脖子上還圍著從遲曜家帶出來的那條圍巾，在他家住的那小半個月，這條圍巾已經在不知不覺間易了主。她怕冷，所以老老實實把大半張臉圍住，只露出一雙眼睛。

寢室一行人走到滑板社面前時，有點傻眼。

沒別的原因，因為坐在滑板社棚裡的幾個男生，無一不是小麥色皮膚，看起來肌肉很發達的男生，幾個雄壯的男生坐在那裡，別人都不太敢靠近。

秦蕾第一個止住腳步：「……」

林折夏腳步也停住了。

只有藍小雪還興沖沖往前走。

秦蕾一把把她拽回來：「不是，妳確定？」

藍小雪：「確定什麼？」

秦蕾：「妳確定妳朋友說帥哥很多的，是滑板社？」

藍小雪：「這牌子上不是寫得很清楚，滑板社啊，對啊。」

末了，她又認認真真眨眨眼，看向她們，「難道這幾個男生不帥嗎？我最喜歡這種膚色健康的肌肉男了。」

「………」

「不是不帥，」秦蕾艱難地說：「……只是帥的方向可能不一樣，是我們的問題。出門前，忘記研究一下妳的審美了。」

一場烏龍。

林折夏聽著她們的對話，笑得樂不可支。

她察覺到口袋裡手機震動了下，於是低下頭把手機拿出來。是遲曜傳來的訊息。

『妳在哪？』

林折夏伸出一根手指打字：『滑板社附近，你也來參加招新嗎？』

遲曜很快回覆。

男朋友：『不是。』

男朋友：『來抓我女朋友。』

因為她們在滑板社周圍停留的時間比較久，秦蕾被一名看起來塊頭很大的社長抓了過去，社長說話聲音十分渾厚：「學妹，要不要填張表？」

秦蕾嚇得不敢說不，向她們投來求助的目光。

肌肉男社長逮住一個算一個：「妳們是一起的？一起填吧。」

她們每個人都被分配了一個人，林折夏擠在最角落填表格，負責跟她介紹社團內容的是另一個小麥色男生。

不過這個男生性格和外表截然相反，拿筆給她的時候還對她笑了下，很是溫柔地說：「不好意思，剛才我們社長是不是嚇到妳們了。」

林折夏正垂著眼在看表格，聞言睫毛扇動了下。

她這才發現這個男生在看她，雖然只能看到半張臉，但是女孩子把下巴埋進圍巾裡的樣子很可愛，有種毛茸茸的柔軟感。露出來的一雙眼睛清凌凌的，又清澈又亮。

那男生又去看報名表，念了她的名字：「林……林折……」

「夏」字剛寫了一半，林折夏手裡的筆忽然被人抽走。

林折夏愣了下。

她還沒來得及抬頭，聽見一道熟悉的聲音從頭頂傳下來：「不好意思，我找我女朋友有點事。」

然後，在她還沒反應過來之前，她已經被遲曜牽著走出了招新隊伍，遠離人群後她問：「你怎麼來了？」

「帶妳去吃飯。」

「可是我還沒……」

遲曜的聲音不知道為什麼，有點冷：「吃飯重要還是填表重要。」

林折夏一步三回頭，惦記自己那張沒填完的表格：「可是填一下很快的，而且我和她們約好了要一起參加……」

她說到這裡，敏銳地捕捉到遲曜心情不太好。

這個人心情不好的時候很明顯，眉眼會微微往下壓，說話語速也會加快。

認識那麼多年，這些細微的特徵實在太好辨認。

但她不知道遲曜為什麼會生氣。

這個時間學生餐廳沒什麼人，等她和遲曜面對面坐著吃飯，她都沒想明白。

林折夏戳著碗裡的飯，想著，難道是昨天晚上她傳給他的訊息，說她要去帥哥多的社團？

但是他剛才應該也看到了啊……那個社團，也不是她說的那樣。

林折夏把這個唯一可能的原因排除掉之後，一下子沒了頭緒。

最後她腦迴路很是清奇地繞了一大圈，最後以一個十分奇妙的角度切入進去：「你是不是擔心，滑板太危險了？」

遲曜沒說話。

林折夏：「其實我覺得玩滑板挺好的，強身健體，而且還很酷，有助於我的個人發展。」

「又或者，你想讓我和你參加同一個社團？但是礙於面子，你不好意思向我開口，」林折夏又想到一個可能性，驚嘆自己挖掘細節的能力，「你想去哪個社團，你說吧，我考慮一下。」

遲曜終於放下了筷子。

他在放下筷子之後，把林折夏餐盤旁邊那碗湯和自己的調換。

調換過後，林折夏發現換過來的那碗湯裡的蔥花都已經被人仔仔細細地挑掉了。

「妳覺得剛才那個男生怎麼樣。」遲曜突然問。

林折夏已經完全忘了：「什麼男生。」

遲曜「嘖」了一聲，手指在桌面上敲了下：「填表那個。」

林折夏：「哦，還行吧，感覺他應該挺喜歡鍛鍊的，而且說話居然很柔和……」

林折夏說到這裡，發現遲曜在意的，居然真的是那個一開始被她排除的原因。

但也不至於吧。

這種醋都吃？

「他是不是，」遲曜看似漫不經心地提起，「挺符合妳擇偶標準的。」

林折夏更愣了：「我什麼時候有擇偶標準的？」

遲曜整個人看起來冷淡又彆扭，他似乎很不想提及，但還是別過眼，模擬她小時候的語氣，拎出一番塵封在她記憶裡的話：「我以後要是找男朋友，我就找那種小麥色，有肌肉的，人還溫柔的男生。」

「……」

好像是有這麼一回事。

林折夏想起來了。

當初沈珊珊問她知不知道遲曜喜歡什麼類型的女生，她第一反應就是，遲曜喜歡什麼樣的她不知道，但她在遲曜面前故意說過一些很奇怪的擇偶條件。

但她沒想到遲曜會記得那麼清楚。

遲曜把她當初跟他吵架，跳腳時胡亂說的那番話，一字不差地複述出來：「反正哪裡都要比你強。」

「……」

雖然遲曜現在看起來情緒不太好，但林折夏心情倒是不錯。

「你吃醋了？」

林折夏心裡有點開心，故意說：「雖然他是挺符合我當初瞎……當初的擇偶條件的……但是我是一個很專一的人，你不要擔心。」

她起初沒當回事，吃飯的時候安慰了幾下。

「你也很帥，要對自己有信心。」

「我不會移情別戀的。」

「……」

但直到吃完飯，遲曜的反應還是有點淡，他戴著黑色髮圈的手腕轉了下，端起她面前那份餐盤：「吃完我去倒了。」

回去的路上，林折夏還在試圖活躍氣氛。

反正社團招新報名時間有兩天，她也不急著回去，於是問他：「你打算參加什麼社團啊，我和你報同一個吧。」

遲曜手插在衣服口袋裡：「不參加。」

「為什麼啊？」

「沒時間。」

林折夏小心試探：「那……那我和我室友她們報滑板社了？」

遲曜睨她一眼，整個人就差寫上「別報」兩個字了，但他收回眼，還是不忍干涉她的社交自由，說：「妳想報就去報。」

「我真的去了。」

「……」

「你保證不生氣。」林折夏又說。

遲曜冷笑一聲：「我還得高高興興，歡送妳過去？」

林折夏：「那倒也不必。」

兩人吃完飯就分開了。

遲曜系上那邊還有事，她下午也有課。

她回寢室拿課本，坐在教室裡等老師進班上課的間隙想，遲曜為什麼會吃醋呢。

林折夏自以為，她可能是這個世界上最懂遲曜的人，沒有之一。

可即便是這樣，她也還是不太能理解。

為什麼遲曜會這麼在意她兒時的一句玩笑話。

怎麼想也該知道，那只是她說著玩的吧。

純粹是為了氣他，想在吵架的時候占據優勢地位。

「上課了，」林折夏正出神地想著，坐在她旁邊的同學提醒她，「妳在想什麼呢，老師進班看妳半天了。」

林折夏回過神，把剛才的問題暫時拋開。

另一邊，漣大那棟擁有獨棟教學大樓的科系教室內。

「我們專案上的進展，目前還是慢了點……」

科系老師在黑板前講解下一階段的任務，做課前總結，「我們下階段還是按之前那樣，遲曜你負責。」

被老師點到名的人坐在教室後排。

教室是電腦室，他像是剛睡醒，帽子垂在腦後，不冷不淡地應了一聲。

進專案小組之後，並不像普通上課那樣，有老師在教室裡全程講解，他們更多的是需要自己去完成手上的實踐任務。老師說完之後就離開了教室，整個教室的領頭人變成了遲曜。

但他不像班長，看起來倒像是這個班的「老大」。

「曜哥，」有幾個人圍上來請教問題，「講講唄，哥幾個琢磨半天了。」

遲曜平時跟他們講題的態度也不太好，但今天格外不好：「出門直走右轉，老師辦公室。自己去問。」

「不敢問，」其中一個人說：「上次去問，被拉著說了一通，說我沒有獨立研究的精神，我可不想送上門挨訓。」
遲曜捏了下手指骨節，然後接過旁邊人手裡的筆。
那人心領神會，翻開計算紙，把紙壓在一本書上面：「您請。」
遲曜在紙上隨手寫下幾個步驟。
他扔下筆的時候，罕見地問了一句：「誰帶菸了。」
學校不允許在教學大樓抽菸，幾人當即自證清白：「我沒帶。」
「我也沒有，我這個人，平時很注意身體健康，從不抽菸。」
「是的曜哥，我們班級沒有人有菸，你放心好了，非常遵紀守法。」
「你就是翻遍整個教室，都找不出一根來。」
「……」遲曜額角抽了下，被這群人圍著，有點頭疼，難得爆了句髒話，「誰他媽要你們遵紀守法了。」
「我的意思是，有的話給我一根。明白？」
整間教室裡安靜了幾秒鐘。
然後剛才說著沒有菸的那群人，紛紛從口袋裡掏出菸盒，菸盒顏色各不相同，五花八門的什麼都有。
他們像交作業似地，站成一排，拿著菸盒主動說：「您要抽哪個牌子？這裡應有盡有，您看您是要國產的，還是國外產的？」

遲曜抬手，從一個人手裡接過打火機，然後隨便從離他最近的那個菸盒裡抽了一根出來。

有人友情提醒：「記得去走廊盡頭轉角那裡抽，沒有監視器，不會被抓。如果你覺得那邊的環境不好，還可以去樓下小花園，一邊欣賞植物，一邊……」

他話還沒說完，遲曜已經出去了。

遲曜走後，幾人竊竊私語。

「……曜哥今天這脾氣。」

「他不是不抽菸嗎，怎麼忽然抽起來了？」

「難道失戀了？不能吧。」有人說：「長成這樣不交七個女朋友，一週七天每天換一個也就算了，居然還會失戀，我們還怎麼活。」

「……」

眾人嘴裡「疑似失戀」的遲曜走到長廊盡頭。

轉角處是一塊被綠植擋住的空角落，他倚靠著牆，把口袋裡的打火機拿出來。

這層樓教室很多，時不時傳出老師在上課的聲音。

儘管已經有些時日沒再抽過菸，他拿菸的手勢還是很嫺熟，指間夾著菸，垂下頭湊近嘴邊咬了下，在即將按下打火機之前，他想到什麼，又放下了手。

那根沒點燃的菸靜靜夾在他指間。

遲曜垂下眼。

他剛剛突然想到林折夏的眼睛，那雙在晚上，路燈下認認真真對他說「抽菸不好」時的眼睛。

算了。

反正剛在走過來的一路上，因為煩躁而泛上來的菸癮已經下去不少了。

他隨手把那根菸扔在手邊的垃圾桶裡，然後百無聊賴地按著打火機。

打火機微弱的光躥起來。

在按完最後一下之後，他收起打火機，打一通電話過去給何陽。

何陽正在上體育課，接起電話的時候剛從球場上換下來，喘著氣問：『怎麼了？』

「在打球？」

『上半場剛結束，』何陽說：『怎麼了？』

何陽走到休息的地方，喝了口水，『有事說事。』

遲曜話到嘴邊，不知道要不要說，最後只說：「找你敘敘舊。」

何陽很了解他：『放屁，你什麼時候會想到找我敘舊，不把我這個人忘了就算不錯了。』

遲曜在電話那頭沉默了一下，然後他突然說：「我和林折夏在一起，是我追她的。」

何陽：「我知道，你們那點戀愛破事已經對我秀了無數次了，不用再特地打電話和我講述一遍。」

然而這次情況和他想像的完全不一樣。

遲曜不是來炫耀的，也不是來舊事重提，他話鋒一轉，聲音很低：「——你說，我是不是不該追她。」

何陽：『？』

何陽有點傻眼：『不是，什麼情況啊，你們情變了？』

『之前不是還好好的嗎，你以前就喜歡她，好不容易在一起了，難道你是那種得到了就不珍惜的男人？』何陽擺明立場，『這可不太好啊兄弟，大家都是那麼熟的朋友了，你可不能搞始亂終棄那套，勸你趁早打消這個念頭。』

「……」

遲曜被他這段話搞得頭疼，打斷道：「說完沒。」

何陽：『還有最後一句。』

遲曜：「憋著。」

何陽：『可是我不說真的很難受，我想罵你渣男。』

「……」

何陽說完，等了又等：『曜曜，你怎麼不說話了。』

遲曜聲音很涼：「我在叫車。」

『你叫車幹嘛，這個時間，你們不應該在上課嗎？』

「叫車去漣雲師範，」遲曜說：「然後去籃球場。」

『打籃球？』

「打人。」

何陽摸摸鼻子：『……看來我猜錯了，那到底是什麼事？』

遲曜那邊又沉默了一下。

最後他摩擦著乾燥的指腹，半天說出一句莫名其妙的話來：「她本來還會遇到很多人。」

何陽根本聽不懂：『什麼很多人？』

「沒什麼，」心底的話總是很難開口，遲曜本來也不是容易傾訴的性格，他最後把想說的話嚥下去，「掛了。」

何陽提高音量：『不是——你這話說一半，吊我胃口呢。』

回應他的，是一串冰冷的提示：通話已結束。

掛斷電話後，遲曜又倚著牆，盯著面前的長廊，在心裡把剛才原本想說的話補全。

——她本來還會遇到很多人，十八歲以後，上了大學之後，她的人生才剛剛展開，在和他在一起之前，她的世界很小，遇到的接觸到的人也不多。

所以也許，她還並不清楚什麼才算喜歡。

她會答應他的追求，也許是覺得他還算不錯。
也許她還沒有遇到真正喜歡的人。
這個人，可能是今天那個符合她擇偶標準的滑板社成員，也可能是其他人。
總之，她應該會接觸到更多人，也可能會喜歡更符合她標準的人。
遲曜想到這裡，無奈地發現，原來他居然會沒有安全感。
兩個人明明在一起了，感情也很穩定。但是因為太在意，哪怕已經在一起，也還是太過在意她。
在意她的那份喜歡，會不會一直持續下去。

第二十五章 告白

「叮鈴鈴」。

下課鈴響。

下午兩節大課連上，林折夏收拾好課本，剛走出教室，傳訊息給遲曜。

『我下課了。』

『你們什麼時候結束，我過去找你吃晚飯？』

以前兩個人都會一起吃飯。

但今天，遲曜難得拒絕了她。

男朋友：『會很晚。』

男朋友：『妳先吃吧。』

林折夏回了一個「哦」。

雖然只是文字聊天，聽不見聲音，察覺不出語氣，但出於某種和遲曜之間特有的心靈感應，她隱約覺得這個人好像還沒消氣。

彷彿為了印證她的猜測似的。

何陽的訊息恰巧傳了過來：『妳和曜哥鬧矛盾了？』

林折夏：『？』

何陽原本不知道該不該說，畢竟再怎麼熟悉，這也是人家情侶之間的事情，但他按照自己對遲曜的了解，認為這通電話應該很重要，還是如實彙報：『他下午莫名其妙打電話給我，說了一些莫名其妙的話。』

林折夏：「……」

林折夏有點恍惚。

他這個醋，喝的是百年老陳醋吧，到現在還在酸。

最後她回覆何陽：『算是有一點小小的矛盾，沒什麼，你不要在意。』

大壯：『行吧，反正我就和妳說一聲。』

林折夏低著頭跟著班級人群往外走，低著頭回覆何陽訊息的時候，在同一棟大樓上課的藍小雪正好也走到樓梯口，藍小雪拍了她一下：「這麼巧。」

林折夏抬起頭：「小雪，能不能拜託妳件事。」

藍小雪：「啊？」

林折夏把手裡的書塞給她：「幫我帶回寢室，順便幫我請個假，晚上我可能有點事，趕不回來了。」

林折夏把書塞給她之後，手裡就剩下一串鑰匙。

卡通鑰匙圈上掛著三把鑰匙，林家的，寢室的，還有最後一把，是遲曜校外租的那間房子。

時隔這麼長時間，她都快忘了用鑰匙私自闖進他家的感受。

她到遲曜家後，環顧一圈，發現陳設和她走的時候差不多。

她本來想趁遲曜回來之前，幫他收拾一下，但是發現沒有什麼可收拾的，於是只能縮在沙發上，一邊吃零食一邊等他回來。

遲曜今天晚上的「工作量」確實很多，十點後還在教室抽不開身。

他抽空傳了兩則訊息給林折夏。

『回寢室了嗎？』

『熄燈了，早點睡。』

林折夏回了一個點頭的貼圖。

女朋友：『嗯嗯。』

過十一點，他才從機房回去。

這個時間，公寓大廳空蕩蕩的，沒什麼人。

他按下電梯鍵，像往常一樣上了樓，開門之後，抬手按下客廳燈源的開關鍵，在開燈的瞬間，沙發上有個人影動了動。

林折夏本來蜷在毯子裡睡覺，被開門的動靜和燈光驚擾。

遲曜看見沙發上的女孩子披著頭髮，瞇著眼睛，整個人都縮在毛毯裡，迷迷糊糊地從沙發上坐起身，對他說：「你這麼晚才回來啊。」

他沒想過家裡會有人，更沒想過林折夏會在家裡等他。

「……」遲曜把鑰匙放在玄關處的架子上，整個人還沾著外面的寒意，「妳怎麼來了？」

林折夏睡意很快消散，她圍著毯子說：「也沒什麼，就是我感覺我男朋友好像有點不開心，所以過來哄一下他。」

空氣凝滯一秒。

有某種東西在冷固的空氣裡緩緩消融，然後遲曜說：「我沒有不開心。」

「你知道你現在像什麼嗎，」林折夏看著他說：「像一個喝醉的人，還非要說自己沒喝多。」

「……」

遲曜沒說話。

半晌，他眉眼抬起：「妳有沒有想過，這個人他就是沒喝多。」

他又說：「不是每個人酒量都跟妳一樣差。」

林折夏：「那你笑一個。」

遲曜：「……」

她補充，「不是皮笑肉不笑的那種，是發自內心的微笑。你有本事就笑一個給我看看。」

遲曜經過她，去廚房拿水：「不笑。」

「你就是生氣了。」

「沒生氣。」

林折夏從沙發上下去，跟著他進廚房：「那你還不肯笑。」

「不好意思，」遲曜關上冰箱門，像以前無數次那樣和她鬥嘴，「我這個人，開心的時候就喜歡不露聲色。」

「……」

好一個不露聲色。

林折夏說不過他。

冰箱門剛剛關上，遲曜的手還沒收回來，她見機彎下腰，主動從遲曜和冰箱之間隔著的間距裡鑽進去，她站直了之後，兩個人的姿勢看起來像是遲曜主動把她壓在冰箱上那樣。

兩人湊得很近。

林折夏憑本能鑽進來之後，頓時不知道下一步該做什麼了。

她大腦短暫空白一瞬。

接著，她想起來網路上常說，情侶之間沒有什麼是親一下解決不了的。

於是她偷偷踮起腳，湊近他，鼓起勇氣親了一下。

儘管已經在一起那麼久，她在接吻方面還是顯得很生澀。也許是因為面前的這個人，是遲曜。

所以無論在一起多久，她還是會感到羞怯。

遲曜沒想到她會突然湊上來，很明顯愣了下。

林折夏親完退回去，撞進他淺色的瞳孔裡，認認真真地說：「我不喜歡那個滑板社的人。」

「不只是他，他那類的人我都不喜歡。以前隨口說的擇偶標準，你怎麼能當真，那都是什麼時候的事情，我早就不記得了。」

林折夏解釋著，話題沒控制住，歪了一點：「……我小時候還說希望你能跪下來給我磕三個頭，也沒見你那麼聽我的話。」

「……」

氣氛又因為她那句「磕三個頭」詭異地安靜了幾秒。

在林折夏試圖繼續說點什麼的時候，遲曜垂下手，他身上那股屋外帶進來的寒氣已經不知不覺消散，脫下外套之後，裡面僅剩一件單薄的毛衣。

遲曜本來不想說。

對他來說，這種無名的情緒，不該說出口。

可是林折夏太認真了，她很認真地在意他的任何情緒，所以他沒辦法繼續沉默下去。

他拎著水瓶的手收緊，錯開她的視線：「不完全因為這個。」

「不只是他，」遲曜最後說：「還有別人。妳以後會遇到很多其他人。」

這晚他們的談話到這裡就結束了。

時針指向十二。

現在這個時間，宿舍大樓早已經閉寢，禁止學生出入。

林折夏自然沒辦法回去，只能在遲曜家住一晚。

好在假期她也在這裡暫住過，所以日常換洗的衣物和用品都很齊全。

這晚什麼都沒發生，第二天她還要上早課，只是她縮在遲曜懷裡睡著之前，迷迷糊糊地還在琢磨他最後那句話，但時間實在太晚了，她意識越來越不清晰，到睡著也沒琢磨明白。

第二天，她一大早回寢室拿課本。

藍小雪剛起來，一邊刷牙一邊跟她打招呼：「回來啦。」

「嗯，」林折夏應了一聲，「昨天謝謝妳幫我放書。」

「這有什麼，舉手之勞。」

藍小雪也沒多問她昨晚去哪了，只說：「昨晚查寢，秦蕾一人分飾兩個角色，幫妳瞞過去了，不然舍監阿姨今天還得找妳談話，煩得很。」

漣大查寢制度很嚴格。

為了保證學生住校的安全問題，在查寢這塊更是設了很多規矩。

不過上有政策下有對策，她們一般會先找人冒充那個不在寢室的室友，然後等查完寢之後再下去替自己簽到。但這個方法有一定風險。

林折夏擔心地問：「她居然沒被阿姨認出來嗎？」

藍小雪指指旁邊的一頂假髮，黑棕色，很長的一頂，有點惱火地說：「昨天她們都叛變了，加了其他社團。秦蕾去 cos 社，當天入社送一頂假髮，正好派上用場。」

「……」

還能這樣。

「那我晚上請妳們吃飯，」林折夏想了想，很客氣地說：「妳們想吃什麼儘管說。」

藍小雪直接應下：「行啊，學校學生餐廳新開了一家烤魚店，我們晚上過去吃。」

到了晚上，林折夏和遲曜報備了一聲，就和幾名室友一起去學生餐廳吃飯。

烤魚很快被服務生端了上來，桌子頓時被巨大的烤架占滿。

幾人圍著烤魚說著昨天社團招新的事。

「那頂假髮，還是很實用的。」

「早知道我也去你們 cos 社了，我們社團什麼都沒送。」

「……」

她們聊著天，林折夏沒說話。

她吃飯的時候有點心不在焉，夾著一塊薑片準備往嘴裡送。

藍小雪提醒她：「妳夾的是薑。」

林折夏：「……哦，混在裡面，沒看清。」

「怎麼了，」藍小雪問，「戀情不順？」

林折夏放下筷子，確實需要找個人傾訴一下，於是坦白說：「有點。」

其他人豎起耳朵去聽。

林折夏簡單把自己和遲曜之前的事情說了一遍，最後總結：「我想不明白為什麼，那不就是我以前隨口說過的氣話嗎，而且，他說我以後會遇到很多其他人是什麼意思啊？」

她沒說出口的話是：難道他是後悔跟她在一起了嗎？想讓她去選擇別人？

但她很快又覺得這個原因不太可能，遲曜不是這樣的人。

她想來想去，唯獨想不到真正的原因。

藍小雪和秦蕾旁觀者清：「這有什麼想不明白的，不是很明顯嗎？」

林折夏：「明顯？」

藍小雪：「對啊，他怕妳喜歡別人，在擔心妳是不是真的喜歡他。」

林折夏沒有聽懂。

因為在她的觀念裡，遲曜是她喜歡了很久，好不容易在一起的人。她根本沒想過，這個人會因為她而亂了方寸，會擔心她喜歡別人。

遲曜在她心裡應該永遠是那個被人矚目，好像會發光的驕傲的少年。他不該有這樣的擔心才對。

「他在意的不是妳的擇偶標準，在意的是妳可能還會遇到某個像滑板社學長那樣符合妳標準的人，妳可能會喜歡那樣的人，而不是真的喜歡他。」

藍小雪又解釋了一遍，然後她疑惑地問，「你們當時是怎麼在一起的啊，我以為像你們這種青梅竹馬，在一起之後不是應該很堅固嗎。就是那種，會很確認對方是喜歡自己的，他怎麼沒什麼安全感，好像不是很確認妳對他的喜歡？」

他們是怎麼在一起的。

跟著藍小雪的話，林折夏順著想：因為他追她，然後她答應了。

她想到這裡，才遲緩地反應過來。

遲曜還不知道她高中就喜歡他的事情，所以他會以為，自己只是被他追了一下，才喜歡他的。

所以他才會害怕，她會遇到符合「擇偶標準」的人。

這個人或許不是滑板社學長，也會是其他人。

所以他才說「妳以後會遇到很多其他人」。

林折夏提前結完帳，匆匆往嘴裡扒了幾口飯，然後放下筷子：「妳們慢慢吃，我有點話想找他說，先走了。」

藍小雪對她揮揮手：「去吧，好好跟妳哥哥聊聊。」

林折夏有他們系的課表，知道今天晚上他們要上晚課。

於是她一路掐著下課時間，提前在他們教室轉角處等他們下課。

她靠牆蹲著，一邊背單字一邊等。

很快，下課鈴響。

好幾個人從教室裡勾著肩走出來，她一眼從人群裡看到走在最後的被簇擁著的那個人。

少年身高腿長，單手插在口袋裡，周圍的人像孝敬大哥似地想遞菸盒給他，他看了那盒菸一眼，沒有伸手去接，在正準備說「拿開」的時候，有人站在他面前替他拒絕：「他不抽菸的。」

遲曜抬眼，看見意外出現在面前的女孩子。

林折夏一本正經地，甚至有點生氣：「下次你們再遞菸給他，我就去檢舉你們。」

其他人：「……」

「嫂子，誤會了，我們不抽菸的，」有人站出來蹩腳地解釋，「就是因為不抽菸，所以剛才難得買了盒菸回來欣賞，想看看菸長什麼樣子。」

「…………」

林折夏想翻白眼。

不過她這次過來，還有更要緊的事，於是沒有繼續揪著這個話題。

她一路和遲曜一起往公寓走。

「你直接回去嗎？」林折夏問，「不去學生餐廳吃飯啊？」

遲曜說：「回去點外送。」

林折夏「哦」了一聲。

遲曜走到公寓附近，發現她還跟著自己：「妳不回寢室？」

「不回，」林折夏和他牽著手，手指收緊，說：「我跟你一起回去。」

遲曜還沒理清楚自己的思緒，想暫時冷靜一下，於是隨口嚇她，意有所指地說：「住我那的話，妳明天的早課可能起不來。」

沒想到這次林折夏根本不怕，她紅了下耳尖，但嘴裡還是說：「那就遲到好了。」

「反正，」她聲音越來越小，「遲到一次也沒什麼關係，滿三次才扣分。」

遲曜喉嚨發緊，半晌，他扯出一句：「妳知道自己在說什麼嗎。」

林折夏跟著他進電梯：「我當然知道，而且，我還有別的話想跟你說。」

遲曜想不到她會有什麼話要說。

推開門進屋的時候，他想開燈，但是被林折夏制止。

「能不能別開燈啊，」她緊張地說：「我怕我會不好意思。」

遲曜的手在空氣裡頓了下，最後沒有按下去。

其實就算不開燈，房間裡也還是隱約有些光亮。外面的微光從窗戶透進來，打在傢俱輪廓上。

滿腹的話不知道從哪裡開始說起。

林折夏張了張嘴，眼前閃過一幕幕高中時的回憶。

她不是故意不說的，只是最初遲曜說喜歡她很久的時候，她不知道怎麼說，就錯失了坦白的最佳時機。

之後再想開口，也一直找不到契機。

她最後很輕地說：「其實你追我的時候，我很開心。」

「我沒有想過你會喜歡我，我以為，我很可能只能繼續默默地喜歡你了。」

遲曜很少有反應這麼遲緩的時候。

他唇線緊繃，抓住她話裡的重點：「什麼叫……繼續喜歡我？」

林折夏透過那點黑暗中的輪廓去找尋他的眼睛，在穿過黑暗對視上的那一瞬間，她說：「因為我高中的時候就喜歡你。」

「一開始我還不知道那是喜歡，只是覺得每次靠近你的時候，我都會變得很奇怪。後來……」林折夏略過了後來這個漫長而又瑣碎的部分，只說：「可是你是我最好的朋友，我不可以喜歡你，更不能讓你發現我喜歡你。」

「所以你追我的時候，我真的很開心。」

她細細數著曾經發生過的，只有她一個人知道的那些事：「和你一起拍情侶照的時候我很緊張。情人節看電影那天你坐在我旁邊，我甚至有點想感謝何陽。」

「你要上臺，我在你家看你彈吉他，很想讓你別去了，因為我不想你被其他人看到。」

她從沒想過自己會在現在這種情況下，認認真真和遲曜表白。

表白的感覺很奇妙。

現在站在遲曜面前的，是她，又好像不是她。

像是高中的那個她。

那個曾經小心翼翼偷偷喜歡過遲曜的她，終於把這些高中沒機會說出口的話說了出來。

「我也，喜歡你很久很久了。」

林折夏說到這裡，整個房間安靜極了。

「所以我不會的，」她最後宣誓似的說：「就算以後我遇到再多的人，也只會喜歡你一個。」

她說完，靜靜等待遲曜的回應。

她因為緊張，所以分神去猜測遲曜會回她什麼話，是很自戀地說「喜歡我也很正常」，還是被她感動得不能自已……

但遲曜最後一句話也沒說。

他只是帶著強烈攻擊性地，伸手按住她的後頸，迫使她靠近自己。他彷彿已經適應了這片黑暗，角度不偏不倚，精準捕捉到她，她在他面前絲毫沒有抵抗的力氣。

接著，他的吻壓下來。

這個吻和以往的吻都不一樣，他從沒有這樣不管不顧地吻過她。他們像兩個瀕臨窒息的人，在交換最後一口氧氣。

沒人記得這個吻是從什麼時候結束的。

直到遲曜和她說話，他壓著她，在她耳邊問她「可以嗎」。

「可以嗎」這三個字，帶著很明顯的意思。

林折夏沒有說話，主動撐著手坐起來，伸手接過他手裡那袋很薄的熟悉的東西。

拆開後，她僅有的那點勇氣告捷。

遲曜引導著她換姿勢，不再壓著她，讓她和自己交換位置，提醒她「到上面去」，然後那隻戴著黑色髮圈的手扶上她的腰。

她腰側很敏感，想躲，但根本躲不掉。

最後只能很沒氣勢地警告他：「……別碰我腰。」

下一秒，遲曜的手鬆開了。

但他鬆開的手抓住了她的手，他懶倦地說：「行，那給妳摸我的。」

「……」

林折夏整個人都快冒煙了：「我不想摸。」

「妳不摸我給誰摸……」遲曜說：「本來也是為妳練的。」

林折夏本來就在上面，只要垂下眼就能看見他隱約的腹肌輪廓，他整個人還是很清瘦，骨骼很硬、透著少年氣，腹肌是很薄的一層，不誇張，但被他牽著摸上去，還是能感覺到底下蘊藏的力量。

林折夏不敢再看，錯開眼，盯著遲曜耳側那枚銀色耳釘，金屬光芒帶來些許眩暈感。

遲曜在動作間，忽然停下來幾秒：「再說一次。」

林折夏聲音有些破碎，被他弄得不上不下，委屈地問他：「說……說什麼。」

「說喜歡我很久了。」

可能是姿勢原因。

以前她因為害羞，都選擇埋在被子裡裝鴕鳥。

所以她從沒有一次覺得，身下這個人，身上的所有痕跡，都是屬於她的。

手腕上的黑色髮圈。耳釘，甚至是身體。

這些都是在漫長的歲月裡，因為她的存在而存在。

林折夏努力克制自己越發破碎的聲音，盡量把話說完整：「我喜歡你……很久了。」

林折夏第二天憑藉驚人的毅力成功早起，踩著上課鈴進教室。

結果這天必修課老師倒是遲到了，班裡其他同學都在討論是不是自行車又在半路不幸爆胎。

她坐在階梯教室裡，一邊等老師進班，一邊傳訊息給遲曜。

『你敢信嗎？』

『我居然沒有遲到。』

『我林少，就是這麼厲害。』

『剛才我踩點進班的樣子，一定特別帥。』

遲曜的關注點不在這上面。

男朋友：『吃早餐沒？』

林折夏打字：『走的時候從你冰箱裡拿了一袋麵包。』

這次遲曜回過來的只有一個字：『乖。』

林折夏自動腦補出遲曜那張臉，他的聲音，正因為這個字和他格格不入，所以有種異樣的吸引力。

她回了一個貼圖，然後收起手機認真聽課。

下課後，她跟著大批下課的人流往外走，一眼看到提前等在樓梯口的人。

遲曜倚著牆，正在低頭看手機。最近天氣略有回溫，但他不怕冷似的，穿得還是比其他人更少，外面只披了件黑色外套，穿件薄款牛仔褲，襯得整個人又高又削瘦。

見過了昨晚的他，再看到他白天的樣子，林折夏反而覺得更羞恥了。

「你怎麼來了。」她抱著書走到他跟前。

遲曜收起手機，抬眼：「找妳吃飯。」

林折夏走的時候只拿了袋麵包片，上午的課又是兩節大課連上，現在確實很餓。

她偷偷揉了下在課堂上叫過兩聲的肚子，感覺遲曜很像她肚子裡的蛔蟲。

遲曜向她伸手：「書給我。」

林折夏正想說「我自己拿吧」，但遲曜已經抬手把她手裡的書抽走了。

在抽走的同時，猝不及防地，她空閒下來的手裡被塞進了一根棒棒糖。

很熟悉的淡黃色包裝，檸檬味，一如從前。

「怕妳低血糖。」遲曜隨口說。

林折夏把糖果包裝紙剝開：「我哪裡有那麼柔弱。」

「平時是不至於，」遲曜拎著那疊書，往樓梯出口走，「有人昨天晚上『運動』到半夜，就不好說了。」

「……」

林折夏差點把剛塞進嘴裡的糖咬碎。

到了學生餐廳，她負責找位子，遲曜去打飯。

和這個人一起吃飯很省心，不用自己每天選吃什麼，反正她吃什麼不吃什麼，他比她更清楚。

林折夏咬著糖，中途碰見了組團過來吃飯的藍小雪她們：「妳和妳哥哥和好沒有？」

林折夏點點頭：「和好了，不過也不算是吵架。」

藍小雪拉著秦蕾去找位子：「那就好，我們就先去樓上了。」

她和遲曜吃完飯之後，想起下午兩個人都沒課。

林折夏問他：「你回公寓嗎？」

遲曜：「不回。」

「那……去教室？」

「不去。」

「那你下午打算幹什麼。」

「打算帶女朋友出去約會。」

林折夏晃了下他的手：「去哪裡約會，你已經找好地方了嗎。」

遲曜沒有多說，只說：「去了就知道了。」

去的路上，兩人之間的話題從路邊的小狗轉移到「暗戀」上。

遲曜後知後覺地開始自戀。

他牽著她，看似隨意地說：「妳當初會喜歡我，也很正常，說明妳雖然在成長的過程中，很多地方都出了點問題，但起碼眼光沒有問題。」

林折夏：「……」

面對遲曜突如其來的攻擊，她不甘示弱：「還是你更早喜歡我的吧，我國中的時候只想把你的腦袋按扁，你就已經開始為了我練腹肌了。」

遲曜看了她一眼，語調微頓：「仔細想想，妳國中那幾條擇偶條件——好像故意按照我的條件反著說。」

「……」

之前還為了這個吃醋，現在整個人都過於自信。

「我又不是以你為標準，」她悶悶地解釋，「才故意反過來說的。」

遲曜「哦」了一聲：「妳確定？」

「確定什麼？」

「確定國中的時候，沒有不自覺被我吸引。」

「……」

她算是看出來了。

他就是想讓她變成那個先喜歡上對方的人。

林折夏才不會輕易讓出有利位置：「沒有，你別想太多了，反正就是你先喜歡我的。」

遲曜似乎有點失望，但他很快調整思緒，問她：「那再具體講講，怎麼喜歡我的。」

她不想理這個人了，好煩。

煩歸煩，她想了想，還真的有個沒有給他看過的東西。

於是林折夏走到半路，忽然在路邊停下來。

她低下頭翻起手機，點開個人頁面，往下翻了好半天，翻到高中時候，她在舞臺下面偷偷拍到過的那張照片。

「給。」

遲曜慢半拍接過，發現這是一則「僅自己可見」的動態，照片上的人是他，那天他難得答應上臺表演，拎著把吉他，坐在舞臺中央。照片其實拍得很模糊，因為頭頂的光太刺眼，打在他身上，半張臉都是糊的。

除了燈光的原因，還有拍照的人小心的心情。

「有點糊，」林折夏解釋，「那是因為當時太緊張了，不敢拍。雖然大家都在拍你，沒有人會注意到我。」

但她還是不敢。

在偷偷摸摸做「虧心」事的時候，總覺得全世界的人好像都在盯著自己。她根本不敢光明正大地拍他，只能鼓足勇氣掏出手機，然後胡亂按下快門。

遲曜沒說話，往照片上面的配文掃了眼。

這則動態的配文是：『仲夏夜的風。』

是他挑的那首歌裡的歌詞。

他自以為隱晦的表白方式，在那個時候，原來得到過回應。

林折夏湊過去，又伸手在手機螢幕上操作了幾下，給他看另一張照片。那張他們三個拿著情人節電影票根的照片。

雖然昨天晚上她已經和遲曜坦白過，但真的把這些原本只有她知道的東西拿出來給他看，還是有點不好意思。

遲曜用一句話打破了她這份不好意思：「怎麼不把何陽的手截了？」

「……」

林折夏那點把祕密交代出來的私密感覺頓時煙消雲散。

理智上，她應該說「怎麼能這樣對他呢，怎麼說何陽也是他們共同的好朋友，而且能在情人節一起看電影也多虧了他」。

但感情上，她順著遲曜的話思索了一下，然後頗為認同地點了點頭：「確實。」

「當時應該把他截掉的。」

半小時後，兩人抵達約會地點。

遲曜帶她去的地方是一條商店街。雖然她沒來過，但也知道這個地方很熱鬧，藍小雪和秦蕾之前就來逛過。

不過商店街業務廣泛，店鋪琳琅滿目的，她一時間也猜不到遲曜到底會帶她去幹什麼。

凜冬已過，路上的樹木看起來不再像過年期間那麼蕭條。

漣雲整個城市的風格都大差不差，這條街和她在城安區逛過的很多地方都很像。

有青石板磚。有水。有橋。

橋邊的柳樹漸漸冒出新的枝椏，周圍人來人往，一片喧鬧。

她跟著遲曜走進商店街深處，然後推開某家店的店門，走了進去。

走進去之前她沒有注意到這家店的店名，進去之後，她看到牆上掛著很多照片，這些照片組成了滿滿一片照片牆。照片上大多都是兩個人一組，拍照時動作親密，挨得很近。

即便不知道店名，林折夏腦海裡浮現出熟悉的五個字，這五個字被從記憶裡翻出來。

她猶豫著問：「……情侶照相館？」

在林折夏詢問的同時，前臺老闆笑吟吟地開口介紹：「沒錯，我們這裡是一家情侶自助照相館，掃碼付費之後，進小房間裡面自己對著鏡頭調試機器就可以拍出好看的情侶照了。」

遲曜掃碼付了錢，然後兩個人進去拍照。

說是自助，其實就類似於路邊那種可以自己操作的「大頭貼」機器。

房間很小，用玻璃門和簾子隔著。

裡面有兩把圓凳，林折夏坐在上面，對著機器螢幕好奇地擺弄：「你怎麼想起來要帶我來拍照？」

機器螢幕上，有可以選擇的貼紙，兩個人的臉只要共同出現在取景框裡，貼紙就會自動追蹤到人臉上。

遲曜站在她旁邊，抬手在螢幕上點了一下，隨手勾選了一個兔耳朵。

下一秒。

那個兔耳朵出現在她頭上。

林折夏故意在鏡頭面前左搖右晃，那個兔耳朵也跟著她晃。

「因為之前拍的時候，」遲曜垂下手說：「還不是情侶。」

他們上一次拍「情侶照」，拍得名不副實。

仔細算算，在一起之後，還真的沒正經拍過真正意義上的情侶照。

林折夏收起玩鬧的心思，在正式開始拍之前坐正了：「那……你也坐下，我跟你湊近點。」

然後呢。

她不知道了。

畢竟之前從來沒有過經驗。

她這個人有個毛病，就是每次做事越認真，就顯得越呆板。比如現在，她很想把和遲曜的情侶照拍得更好看點，但是眼神控制不住地開始呆滯起來。

遲曜比她自在一些，他坐下之後比她高出一截，兩個人在取景框裡一高一低。

然後他說：「妳緊張什麼？」

林折夏嘴硬：「我沒有緊張，不就是拍個照片嗎，有什麼好緊張的，我就是平時不怎麼拍照……不太習慣而已。」

遲曜又調試了一下機器，林折夏如坐針氈，在她幾乎快呆滯到極限的時候，遲曜提醒她——

「看鏡頭。」

林折夏努力把渙散的眼神聚集起來，在遲曜按下快門之前，她覺得按照她的發揮，今天這張照片可能得重拍。

但在他按下去的那一刻，遲曜側過頭，不偏不倚地，親在了她臉頰上。

林折夏眼睛微微睜大了點。

所有拘束和不安都被他這個突如其來的動作打破，她在被親的這一秒，忘了鏡頭，也忘了他們現在在拍照。

「咔嚓」，機器螢幕上顯示抓拍的這一幕，畫面定格。

兩人之後又拍了幾張，其他幾張照片上，有一張是她不甘示弱地伸手去扯遲曜的臉，另一張，遲曜反手按在她頭頂，想按住她。像兒時玩鬧那樣。

拍照結束後，林折夏拿著列印出來的照片問他：「我們要不要一起發個動態啊？」

或許是因為在來的路上，她給遲曜看了當初那兩則僅自己可見的動態內容。

所以她很想，和他一起發個動態。

不過聽藍小雪她們說，男生好像不是很熱衷發這個。

她正想說「你要是不願意就算了」，遲曜說：「下次不用問我。」

林折夏沒明白這句話的意思。

「女朋友，」他起身時把掛在旁邊的那件黑色外套扯下來，整個人從上至下俯視她，還是那副肆意又冷淡的樣子，然而因為對著的人是她，嘴裡說出最低微的話來，「妳有權利命令我。」

兩人一起編輯好照片和文案，同時按下傳送。

再次刷新個人頁面後，兩則內容幾乎相同的新動態一前一後出現在一起。

貓貓頭：『女朋友讓發的（照片）。』

另一個貓貓頭：『男朋友讓發的（照片）。』

林折夏幫他按了個讚。

她正想說「這樣我就是第一個按讚的人了」。

結果她側過頭，去看遲曜的手機螢幕，發現他心照不宣地也在幫她按讚。

回學校的一路上，她手機不停在震。

和遲曜在一起之後，這是他們第一次正式發官宣類動態。之前兩個人都沒有刻意去發點什麼，主要是太熟，而且身邊該知道的人都知道，也就沒有特地發的必要。

林折夏點開動態提醒，滑著留言。

最先留言的人是何陽：『謝謝，飽了。』

接著是以前的青梅竹馬朋友們，還有徐庭他們。

徐庭：『？？？？』

徐庭：『靠，我是不是網速太慢了……』

唐書萱：『哇，祝福！』

一堆留言裡，有四則來自家長。

林荷：『下次別拍了，長得沒人家好看，合拍的時候顯醜。』

魏平回覆林荷：『我們女兒也挺好看的，完完全全的郎才女貌。』

遲寒山回覆林荷：『瞎說，我們遲曜才醜，整天擺著一張臭臉，看起來就晦氣。』

白琴回覆遲寒山：『雖然確實長得晦氣，也不要這樣說出來，給兒子留點面子。』

林荷回覆白琴：『……』

林折夏看著這串留言，回到寢室，躺在床上笑了半天。

寒假之後的時間一下變得很快，好像季節和季節變換之際，總是快得讓人抓不住。春天短暫地過去，然後一陣乾燥的風吹過來，第一聲微弱蟬鳴隨之響起。

轉眼，又到了夏天。

大家換下厚重的外套，在這陣燥熱裡，整個校園看起來都彷彿更有活力了。

林折夏這天下課，就去球場外面看遲曜打球。

遲曜最後還是被之前的室友拉著加了個籃球社，反倒是她挑來挑去，最後不知道選什麼乾脆沒選。

「算了，」當時她苦惱地對遲曜說：「今年先不參加了，明年再說吧。」

遲曜不置可否。

她又說：「正好，我可以利用多出來的時間多多念書。」

「有道理，」遲曜當時語氣欠揍地，「畢竟笨鳥先飛。」

「……」

說的她好像是像高中那樣，故意幫自己設定了一個計畫。

冬天因為天氣太冷，鮮少有人光顧的籃球場重新擠滿了人，穿著T恤或者球衣的男孩子擠在球場裡。

「曜哥，好球——」

有人高呼一聲，然後被其他人矚目的少年抬手扯了下衣領，站在太陽底下，連頭髮絲都被強烈的陽光照亮，他淺色的瞳孔也好像盛著光一樣。

林折夏手邊擺著一瓶水。

她坐的位置剛好有樹蔭遮擋，不算晒。

上半場很快結束，遲曜下場，越過其他人向她走過來的時候，她總覺得這一幕很熟悉。

遲曜在她面前蹲下，髮絲被汗浸濕，他很自然地伸手去拿她旁邊那瓶水。

林折夏仰頭盯著他喝水時攢動的喉結，忽然說：「以前好像也是我送水給你。」

「那時候你性格好差，」她想到高中，忍不住控訴，「還說對別人的水過敏，被人在文章裡議論。」

遲曜根本不上論壇。

這種話題中心人物，反倒對「話題」本身毫不在意。

他問：「說我什麼。」

林折夏記憶猶新：「罵你不配喝水。」

「……」

她又說：「不過你那時候是有點過分。」

遲曜擰上瓶蓋，反問：「我過分？」

「難道不過分嗎。」

下半場即將開始，有人在球場中央喊遲曜的名字。

在起身的同時，遲曜把礦泉水瓶扔回她懷裡：「我只想喝我喜歡的人送給我的水，過分什麼。」

林折夏下意識雙手接住水瓶，抱在懷裡。

然後愣愣地，等他重新上場才反應過來他的話。

她想起來那個時候他已經喜歡她了。

所以……他只是想喝她送的水而已，但是沒辦法開口，也不知道該怎麼提要求。

他對她的那份「喜歡」，一直在無數被她忽略的細節裡。

第二十六章　夏天永遠熱烈

夏季氣溫不斷升高，蟬鳴越烈。

入校近一年時間，大部分人都徹底適應了校園生活，脫離父母和老師的管束，在滬大生活和念書著。

脫離管束後，大家進入可以自由戀愛的階段，也有不少人在這期間成功脫單。

林折夏寢室裡第二個脫單的人是藍小雪。

她本來性格就比較外向，經常來去如風，想一齣是一齣的，參加滑板社幾個月後，回寢室就喊著：「朋友們，告訴妳們一個消息，我脫單了。」

林折夏隨口問了句：「誰啊。」

藍小雪：「就是滑板社社長，妳們之前都見過的。」

「妳的審美，我已經不想說什麼了，」秦蕾掀開窗簾，探出一個腦袋，說：「我只希望他是個好人。畢竟如果他之後傷害了妳，我們全寢室加起來為妳出頭都打不過。」

藍小雪擺擺手：「他不是這樣的人。」

秦蕾：「他最好不是這樣的人。」

結果藍小雪的戀情，和所有人預想的都不一樣。

兩個月後，她宣布分手：「朋友們，再告訴妳們一個消息，我又恢復單身了。」

「……」

林折夏坐在書桌前，從一堆必修作業裡抬起頭，又問了句：「原因？」

藍小雪感慨一句：「愛情消散得太快。」

「……」

秦蕾：「麻煩您說人話。」

「冷淡期了，」藍小雪說：「我覺得沒意思，就分手了。」

林折夏放下筆：「冷淡期？」

冷淡期三個字，對她來說很陌生。

她和遲曜談戀愛那麼久，還從來沒考慮過這個問題。

林折夏算了算時間，又說：「可是你們才……在一起兩個月。」

藍小雪完全沒有失戀的樣子，她反倒覺得輕鬆，往床上一躺：「兩個月已經很漫長了！整整兩個月啊，六十天，足夠讓彼此之間迸發出來的荷爾蒙消散殆盡。」

「……」

藍小雪不覺得這有什麼：「這不是很正常，兩個人剛認識的時候，總是有一堆話想說，什麼都是新鮮的，就連問對方今天打算點什麼外送吃都可以聊得熱火朝天。但是時間久了，新鮮感褪去，進入冷淡期，就沒那麼多話好說了。」

「我和他大概從上週開始，在通訊軟體上聊天就少了很多，」藍小雪回憶，「我也努力找過話題，後來發現我們除了滑板以外，再沒有什麼其他交集了。而且就算是一起玩滑板，社團活動也不是每天都舉行的，社團活動之外的時間肯定很多。我覺得沒意思，提了分手。」

「他也沒怎麼挽留我，大家心知肚明，就分了。」

林折夏「哦」了一聲，然後在晚上睡前，忍不住想她和遲曜會不會有冷淡期。

她和遲曜在一起也那麼長時間了，而且彼此之間太熟了。

他會不會也有某一刻，會感覺到「無聊」呢。

林折夏胡思亂想著，睡了過去。

次日是週末，她去遲曜家待著。

「要不要出去？」遲曜問她。

林折夏搖搖頭：「太熱了。我能走到這，已經很不容易。」

兩人商量了一下，決定在家裡看電影。

她選了一部評分很高但以前沒看過的老電影，然後把客廳的燈關了。

家裡空調開得很冷，她腿上蓋了條毯子。

電影剛開始，順著電視機投出來的那點光源，遲曜習慣性地去抓她的手。

他往後靠了下，看起來是在看電影，但手上動作沒停過，扣著她的手指，有時候收緊，有時候鬆開去捏兩下她的指節。好像比起電影，她的手更有意思一點。

玩了一下，他低下頭，去看交疊在他掌心的那隻手。

林折夏沒有塗指甲油的習慣。

指甲蓋乾乾淨淨的，修剪得圓潤整齊，手指纖細，捏起來甚至還有點軟。

林折夏看著電影，腦袋裡冒出昨晚藍小雪說的話，於是她帶著自己也讀不懂的試探的心思，不動聲色地把手抽了回來。

過了一下，又被遲曜抓在手裡，她再抽走。

他這次伸手後，把她的手扣得更緊了。

林折夏掙扎了一下，再想抽的時候，愣是沒抽出來。

她抬眼去看遲曜，發現遲曜也一直在看著她。

客廳關了燈拉上窗簾後很黑，這讓他的眼神看起來很深。

半晌，他張口：「妳過動症？」

「……」

「不是。」

她坦白：「我聽說情侶在一起時間久了，會有冷淡期，我想看看你對我冷淡沒有。」

與其說想看看，不如說，她怕遲曜也會對她有冷淡期。

遲曜撇開眼：「我收回剛才那句話，妳不是過動症。」

林折夏點點頭，想說「我當然不是過動症」，緊接著，遲曜下一句話說的是：「妳是腦子有問題。」

「……」

還不如過動症呢。

遲曜是真的想撬開她的腦袋，看看裡面裝的都是什麼。

林折夏也覺得自己剛才的試探很傻，想裝作什麼事都沒有發生，略過這個話題，於是指了下電視：「男主和人打起來了，這一段很重要，我覺得我們不能錯過。」

但她話音剛落，「啪嗒」一聲，遲曜直接把電視機關了。

電視關閉後，整個客廳變得更暗，在昏暗的光線裡，某種無形的壓力在空氣裡湧動。

遲曜牽著她的手往下，在某個位置停住，眼神鎖著她：「不是想看看我冷淡了沒。」

林折夏手一下變得很燙，想縮回去，偏偏又動彈不得。

和冬天不同，夏季的衣物很薄。輕薄的布料根本蓋不住底下的溫度，連掌心的觸覺都更深刻。哪怕空調溫度開得再低，身上的溫度還是在不斷升高。

「試試冷不冷淡。」

林折夏努力往旁邊挪，小聲說：「……我不想試了。」

「……」

不論她怎麼說自己不想「試」，還是被按著在沙發上「試」了一次。

她對這天最後的印象，是遲曜關鍵時刻停下，在她耳邊問她的那句：「我冷淡嗎？」

不冷。

一點都不冷。

林折夏眼尾泛紅，手無力地搭在他肩上，只知道哼唧，根本說不出話。

結束後，遲曜把她攬在懷裡，沙發底下是幾團揉皺的紙巾，空氣裡瀰漫著兩人互相纏繞在一起的氣息，他沒有再動她，反而低下頭親了一下她的髮頂，問她：「為什麼會覺得，我可能會對妳冷淡？」

「因為，」她說話聲音還有點啞，「我們認識很久，在一起也很久……」

「別人說，很多人在一起之後都會有冷淡期。所以我怕你有一天，也會覺得和我在一起不像一開始那樣，可能從哪天開始，也會覺得無聊。」

遲曜沒有直接回答，反而問她：「我們認識多久了。」

林折夏數了數，從七歲那年開始算。

「十二年。」

他們認識到現在，十二年了。

整整十二年。

「這十二年我從來沒有覺得和妳在一起無聊過，所以就算再過十二年，」遲曜的聲音從她頭頂傳下來，「十二年之後再十二年，也不會覺得無聊。」

「或許以後我會覺得這個世界上很多事情都漸漸開始變得沒意思——唯獨除了妳，永遠都不會。」

林折夏愣愣地，仰起頭去看遲曜。

她忘記了。

他們和其他人都不一樣。

小的時候，她喜歡看的卡通，現在已經不再看了。曾經沉迷過的手機遊戲，還苦苦哀求讓遲曜幫她簽到，也在不知不覺間不玩了，再沒登錄過那個遊戲帳號。

社區門口開過一家甜點店，那時候她很喜歡吃裡面的芋泥麵包，以為吃一輩子也不會膩，結果拉著遲曜連去七天之後宣布這輩子不想再看見芋泥。

她也記得遲曜小時候愛玩魔術方塊，後來沒再碰過。

他有一陣子特別喜歡改裝東西，熱情也就維持不到三個月。

還有無數的，類似這樣的小事。

在成長的過程裡，他們的的確確，會漸漸覺得很多東西變得「沒意思」。

唯獨，除了對方。

正如遲曜說的，他們已經走過那麼漫長的歲月，就算再有下一個十二年，也永遠不會有冷淡的那天。

入夏後，林折夏和遲曜很快迎來二十歲生日。

其實遲曜的生日已經過去了，但是他今年打算和她一起過。

主要兩個人生日實在離得太近，如果分開過的話，就要「折騰」兩次。

「說實話，我已經陷入瓶頸了，」在他生日前，林折夏老老實實地和他坦白，「從小到大幫你過那麼多次生日，今年我抓耳撓腮想了好幾天，也沒想出什麼耳目一新的生日計畫。」

好在遲曜本身對生日也沒什麼想法。

於是兩個人一拍即合，打算湊在一起過。

林折夏試探著問：「要不然今年禮物也省了吧。」

遲曜挑眉：「為什麼。」

林折夏：「……禮物也瓶頸了。」

她以為遲曜會答應，然而出乎她意料的，遲曜吐出兩個字：「不行。」

「為什麼不行，」她強詞奪理地說：「你就那麼想收禮物嗎，我們之間的感情，其實不一定要從禮物上體現。」

遲曜看了她一眼：「因為我想送給妳。」

於是在生日來臨前這段時間，林折夏一邊期待遲曜會送自己什麼生日禮物，一邊繼續頭疼自己該送什麼給他。

很難說「二十歲」和「十八歲」對比起來有什麼區別。

似乎是有的。

這幾年，她好像在不知不覺間離「成年人」這三個字更近了一點。

這天晚上林折夏在寢室滑著手機，在網路上找送禮靈感的時候，藍小雪在和她家裡人打電話。

藍小雪不是本市人，打電話的時候帶著點口音，但都是南方人，林折夏大致能分辨出她的說話內容：「媽，妳不用寄給我了，我寢室一共就那麼點大的地方，寄過來也放不下。」

「我室友不吃，妳別瞎操心了，而且就算她們吃，一大箱水果也得撐死。」

「好了，我知道的，我會照顧好自己。」

「……」

藍小雪這幾天很忙，事實上沒吃好也沒睡好。

她們藝術系最近在舉辦一個石膏展，每天頂著黑眼圈摸黑回寢室，衣服上也沾得亂七八糟的，整個人看起來異常憔悴。有次回來還忍不住吐槽導師：「就是想讓我們當免費勞動力……明明不是我們負責的東西，非得讓我們去做，最後交上去也不算我們的作品。」

當時寢室裡其他人義憤填膺地替她打抱不平：「怎麼這樣啊，能不能投訴？」

「算了算了，」藍小雪說：「也就幫忙幹點活。幹完得了。」

藍小雪那邊聽筒的聲音有點大，藍媽說話聲也大，林折夏清楚聽到她問了一句：『你們那個石膏展怎麼樣了——』

林折夏滑手機的手停了一下，接著是藍小雪故作輕鬆的聲音：「挺好的呀。展覽可大了，到時候我拍影片給妳看。」

霉運好像會傳染。

很快林折夏他們系也有了動靜，他們系要舉行一場外語演講比賽。

老師不知道從哪聽來的消息，下課叫她去辦公室，問她：「聽說妳之前參加過學校的演講比賽？」

「……」

林折夏想到她高中時勇奪第一的光輝歷史，不得不承認：「之前是有參加過。」

老師用一種哄騙的語氣說：「正好我們這次的演講比賽，還缺個人，妳想不想試試？」

林折夏倒不是害怕，只是單純擔心自己的專業水準會給班級拖後腿：「要不然您還是把這個寶貴的機會給其他人吧。」

老師忽然高聲喊她的名字：「林折夏！」
「再給妳一次機會，妳重新回答我，想不想試試。」
「……」
看這個態度，大概是躲不過去了。
最後林折夏還是點了頭：「那我試試吧。」
大學的演講比賽和高中不同，更自由，沒有明確的題目，一切都可以自由發揮，風格不限。唯一的要求就是需要使用本系的語言。
老師把所有參加的人拉進了同一個群組裡。
於是林折夏開始兩頭忙，一邊忙生日的事，一邊準備演講選題，簡單寫了草稿。
在生日前一週，發生了一件意外的小事。
他們晚上集中交初稿，在交稿前半天，林折夏在班級裡遇到同班參賽的人，是個短頭髮的女生，那女生很開朗的樣子，主動說：「我晚上幫妳一起交過去吧？這樣晚點就不用一起跑一趟了。」
林折夏晚上正好還有其他事急著做，於是說：「那就麻煩妳了。」
在把稿子交過去的同時，林折夏餘光瞥見了她手裡的稿子，短髮女生的演講題目是「夢想」。
然而到了傍晚，老師在群組裡@她。

『@林折夏。』

『妳的選題和其他同學撞了，換一個交上來。』

林折夏看到訊息的時候愣了下。

她沒在群組裡問，而是找老師私訊問：『請問我和哪位同學撞了？』

老師：『周彤啊，妳們的稿子不是一起交過來的嗎，我一看，妳們選題居然一樣。』

「……」

林折夏腦海裡冒出來短髮女生的臉。

她下意識打下一串話想辯解：『我不小心看到過她的選題，她的題目明明和我不一樣……』

但是打到一半，她又一個字一個字把這些解釋刪了。

這件事大概是不會有任何結果的，她沒辦法解釋，也沒有確切證據。好像長大之後，無形之中多了很多這樣「說不清」的事。

林折夏心想。

與其花時間爭辯，不如重新寫一份。

反正也只是初步草稿，再寫個新選題就好了。

晚上，她去找遲曜吃飯。

她戳著飯碗，急著趕回寢室寫新選題，很快說：「吃飽了。」

遲曜驚訝於她今天的飯量：「妳今天就吃這麼點？」

林折夏：「怎麼了？」

遲曜看了她的飯碗一眼，沒說話。

林折夏繼續說：「我們女孩子，小鳥胃，也很正常吧。」

遲曜很輕地冷笑：「平時恨不得吃兩碗飯，現在說什麼小鳥胃。」

「……」

「反正我已經吃飽了，」林折夏放下筷子，「你要是看不慣，那你就自己多吃一碗吧。」

她表現得和平時沒什麼兩樣。

但是和遲曜之間，總是會有某種意想不到的相互感應。

遲曜把目光從她面前那碗飯上移開，問她：「心情不好？」

林折夏：「……好得很。」

遲曜又問：「演講稿寫完了嗎？」

林折夏猶豫一秒。

其實她完全可以說自己和人「撞」選題的事。

可是二十歲和十八歲不一樣的地方就在於，她也知道自己該真正地長大了。

從小到大，遲曜總是那個她可以無條件依賴的人。

不管遇到什麼事，都可以對他說。

沒辦法和林荷講的事也可以告訴他，甚至不用去管這件事她做得到底是對還是錯。

她本來想像以前那樣，對著遲曜吐槽那個叫周彤的短髮女生。可是在話即將說出口的一瞬間，沒來由地，她想到藍小雪那天和家裡人打電話的樣子。

明明很疲憊，還要說自己「很好」。

或許是懷揣著和藍小雪一樣的心情，她在這短暫的一秒間，選擇了另一個選項。

林折夏最後說：「初稿剛交上去，還要繼續往下寫，沒什麼大問題。你繼續吃飯，我就先回去了。」

林折夏因為重新選新選題的事，又沒日沒夜地忙了整整幾天。

這幾天裡，遲曜約她見面她都說沒空，傳訊息給她她也回得很敷衍。

男朋友：『在寫演講稿？』

林折夏：『嗯。』

男朋友：『我等等下課。』

林折夏：『嗯嗯嗯。』

只是幾個「嗯」，遲曜很快察覺到什麼。

過了一下，他又傳過來一句。

男朋友：『林折夏是白痴。』

林折夏寫稿子已經寫暈了，她連遲曜回的是什麼都沒仔細看，又順手傳過去幾個「嗯」。

等她反應過來，已經過去十幾分鐘。

那段對話靜悄悄躺在聊天畫面裡。

她正想著要傳點什麼挽回一下，畫面裡跳出來兩個字：『下樓。』

這兩個字很熟悉，好像曾經收到過無數次。

林折夏知道瞞不住了，她拖拖拉拉地把睡衣換下來，然後拿著鑰匙跑下樓。

這個時間是下晚課尖峰時段，女生宿舍門口人很多。

她從人流裡擠出去，一眼就看見等在路口的那個人。

遲曜站在路燈下，把來時路過水果店隨手買給她的一袋水果遞給她，又涼涼地說：「解釋一下。」

「我解釋一下，」林折夏接過那袋水果，「剛才沉迷念書，所以沒有看清。」

「妳覺得我會信嗎。」

「……」

大概是不會信的。

這個人，比林荷還不好騙。

林折夏小心翼翼地說：「……我覺得我這個藉口還算有理有據，你說不定會信一下的。」

過了一下，林折夏主動投降：「好吧，我實話告訴你。」

反正本來也不是什麼大事，沒什麼不能說的。

「就是我上次交上去的初稿，選題和人撞了，她幫我一起交稿的，而且交稿那天我明明看到她的選題和我的不一樣。」

林折夏簡單把事情交代了一下，「所以最近就忙著重寫。」

她說話時不自覺把手裡那袋水果抱得更緊了些：「我覺得大家都是大人了，而且你最近也比較忙，這件事我可以自己消化的。」

遲曜看著她，半天沒說話。

就在林折夏猜測他是不是生氣了的時候，遲曜眉眼下壓，抬起手，食指很輕地在她額頭上戳了一下，又罵了她一句「白痴」。

林折夏小聲反抗：「我不是白痴，而且你今天已經罵我兩次了。」

「妳不是誰是。」

遲曜「嘖」了聲，他的聲音裡和環繞在周圍的蟬鳴聲混在一起，悶熱的夏夜颳過來一陣風，「……什麼事都自己消化，還要我這個男朋友做什麼。」

遲曜說完那句話之後，張開雙臂問她要不要抱一下。

林折夏眼眶不知道為什麼有點熱。

明明「撞」選題只是一件很小的小事。

這個夏天的擁抱，漫長又熱烈。夏天的晚風徐徐吹過。

晚上她回去睡了一覺，一夜無夢。第二天他們系有早課，一大早，又收到遲曜傳來的訊息。

『起來沒？』

林折夏毫不意外，因為遲曜幾乎每天都會找她一起去學生餐廳吃早餐，有時候她晚上熬了夜，早上起不來，他也會買了早餐幫她送過來。

一開始她還覺得不可思議：「你怎麼知道我今天沒時間去學生餐廳吃飯？」

遲曜滑開手機，翻開兩個人昨晚的聊天紀錄。

手指輕點在她最後一則訊息的傳訊息時間上：兩點半。

「妳這個時間睡，」遲曜說：「不用想都知道起不來。」

「……」

所以她以為遲曜傳給她這則「起來沒」，是想找她一起去吃早餐的意思。

她猜的也沒錯，兩個人確實像以往那樣，在學生餐廳吃了早餐。

只是按照以往，吃完早餐之後，兩個人應該各自去上課。

林折夏往階梯教室走，走到半路，發現本來應該轉彎的遲曜還跟在她身後。

「你不去上課嗎？」林折夏有點疑惑，「走錯路了，你們教室在另一邊。」

遲曜：「等等再去。」

林折夏：「那你現在要去哪？」

遲曜隨口說：「最近對語言很感興趣，去你們教室蹭個課。」

「？」

「那你自己系的課呢？」她問。

「上膩了，蹺次課。」

林折夏忍不住想，這個人腦子有病吧。

她本來以為遲曜只是在開玩笑，但是他真的一路跟著她進了教學大樓，然後在階梯教室門口，他站在她身後抬手扯了一下她的衣領，把她往後拽了一下示意她停下。

然後他下巴微揚，問：「哪個，指一下。」

林折夏沒反應過來：「什麼哪個。」

「人。」

遲曜說話的時候好像一個字一個字往外蹦，臉上沒什麼表情，「改選題的那個。」

階梯教室裡已經有不少人了。

遲曜這個人看起來，很像那種平時高高在上誰都不喜歡理，但關鍵時刻會帶著人去找碴的類型。他現在也確實是這樣，穿著一身黑，黑色T恤，破洞牛仔褲，往那一站，看起來很不好惹的樣子。

「你不會要去……打她吧。」

林折夏面色複雜，「我覺得，打人可能不太好。」

她掃了坐在教室裡的人一眼，又說：「而且她還沒來。」

幾分鐘後，林折夏被他從教室門口拎到了樓梯口。

林折夏站在樓梯口，有點茫然：「我們在這幹嘛？」

遲曜倚著牆，吐出兩個字：「堵人。」

「……」

在遲曜拎著她在樓梯口堵人之前，林折夏打算把撞選題的事翻篇。一來是懶得爭論，二來，怎麼說也是同學，平時抬頭不見低頭見的，跑去質問難免尷尬。

最重要的，是她在潛意識裡認為，成年人就該這樣處事。

應該更「懂事」一點，要長大一點。

小時候那種不經思考的莽撞和衝動，在二十歲的世界裡，似乎是不被允許存在的。

就算她打算和周彤說點什麼，也不該以這麼震撼的方式。

但是遲曜說「堵人」的時候，說得太理直氣壯。

她一時間打消了很多顧慮，在遲曜影響下，即將步入二十歲的林折夏在下課時間，在樓梯口，做出了一件完全不符合大學生身分的事情，她在樓梯轉角堵了周彤。

周彤也沒想到自己正準備進班，會被人在樓梯口抓住。

女孩子聲音很冷地對著她「喂」了一聲。

她抬眼看去，看到班裡那位平時總是柔柔弱弱的林折夏站在轉角處，她身後還站了個人，她身後那人像個專門過來罩她的「大哥」，少年下顎線很利，眼神淡漠，倚著牆掃了她一眼。

林折夏這聲「喂」喊得很有氣勢。

頓時有點找回當年在南巷街到處打架的感覺。

但是「喂」完之後，她又犯了難：「然後呢，我要說什麼啊？」

身後的人低聲告訴她：「想說什麼就說什麼，妳難道沒有話想對她說嗎。」

話是有的。

林折夏看著周彤，模仿記憶中，電視裡看到的橋段，盡量擺出大姐大的姿態：「周彤是吧。」

「……我知道妳是後來改選題的。我那天不和老師說，是懶得跟妳計較，希望妳以後別再做這樣的事情了。」

她覺得自己說的話可能還不夠狠，於是頓了下，又說：「這次就放過妳，再有下次，事情就不會那麼簡單了。」

在這個年紀，做這樣的事情很「幼稚」。

可是在這些話說出口的瞬間，她感受到了一種前所未有的感受。

在這天之前，她覺得成年人的世界應該是很不一樣的。

可是就在這天，她忽然發現，好像並不是那樣。

很恰巧的是，演講比賽在遲曜生日的前一天。

林折夏新選題準備得差不多了，細化之後在他家對著他脫稿念了幾次，在遲曜的一句「別緊張」之後，她攥著演講稿跟著小組其他成員一起集合，去學校禮堂比賽。

臺下觀賽的人都是語言系的學生。大學科系太多，不可能讓每個系的學生都過來觀賽，所以特地圈定了科系範圍。

但她還是在上臺前，收到了遲曜傳來的一張照片。

男朋友：『（圖片）。』

她在比賽前抽空點開，照片很明顯從觀眾席視角拍的，一路從觀眾席衍生到舞臺。

林折夏收起手機，站上臺的時候，手搭在麥克風上往舞臺下面看了一眼，還是和以前一樣，她按照照片的拍攝角度，圈定了大致範圍，一眼就看到臺下的某個人。

時空在這一刻輪迴流轉。

演講沒出什麼意外，她順利脫稿講完下臺之後，重新回到後臺，遲曜送了她一束花。

一大捧玫瑰，用白色和粉色的裝飾紙包著。

她接過，遲曜很輕地揉了下她的腦袋說：「表現得不錯，女朋友。」

二十歲生日當天。

這天剛好是週末，兩人也沒有出門過生日。

生日地點選在遲曜家裡。

「買個蛋糕就好啦，」林折夏提醒他說：「不用那麼麻煩，今年生日還是和你一起過我就已經很開心了。」

結果那天，她去遲曜的公寓，拎著鑰匙擰開門，看到滿屋子的蠟燭。

整個家裡都沒開燈，遮光窗簾把外面的光線遮擋得嚴嚴實實。

只剩下星星點點的燭光。

微弱的燭光一路從玄關延伸到客廳裡，再到茶几和架子上，像另一場人造的「螢火」。

蛋糕靜靜地擺在餐桌上，旁邊還有一份繫著絲帶的禮盒。

林折夏在門口站了很久：「……你什麼時候布置的啊？」

遲曜說：「昨天晚上。」

「很漂亮，」她很想用手機拍下來，「就是不太像你會做的事情。」

畢竟滿屋子的蠟燭，一般都只有女生會喜歡，男生可能很難覺得浪漫。

「網路上搜尋的。」

遲曜看了滿屋子的蠟燭一眼，「我確實不太能理解，不過妳喜歡就好。」說完，遲曜又問她：「先切蛋糕還是先拆禮物。」

林折夏毫不猶豫地說：「拆禮物。」

兩人圍著餐桌坐下，互相交換禮物。

然後她發現……今年他們互送的禮物都有點老土。

實在是互相送過的東西太多了，可供選擇的範圍越來越少。

林折夏拆開禮物，發現裡面是一盒永生花。

遲曜坐在她對面，兩人幾乎同時拆開禮物盒，他手裡的禮物更離譜，又是一塊不鏽鋼：「……」

一小塊手掌大小的不鏽鋼泛著金屬光芒。

上面刻著他和林折夏的名字，中間有一個大大的愛心。

「……」遲曜抬手，按了一下眉骨，問她，「妳有沒有什麼話想跟我說，比如說，解釋一下這個禮物。」

林折夏尷尬地笑了一聲：「這塊不鏽鋼和之前的不鏽鋼是不一樣的，之前是代表友誼的不鏽鋼，今年升級了。」她熱情地指給他看，「你看，這次是代表我們愛情的不鏽鋼！」

遲曜半天才勉強扯出一抹笑，只是那抹笑更接近冷笑：「謝謝，我很喜歡。」

林折夏把永生花收起來，也說：「你的禮物雖然也不怎麼樣，但我也很喜歡。」

兩人面對面，無聲地對視幾眼。

然後林折夏主動說：「要不然我們還是許願吧。」

遲曜微微頷首，表示認同。

在遲曜忙著插蠟燭的間隙，林折夏忽然想起來他們第一次過生日的情形：「你還記得我們第一次過生日嗎。」

遲曜：「記得，妳提前一個月告訴我妳最近很想要一套漫畫書。」

「……」林折夏尷尬了一下，「反正你也要送禮物給我，我怕你選的我不喜歡。」

「而且很顯然像我這樣坦誠的人會比較好相處，誰像你啊，打死不說自己什麼時候生日，」林折夏吐槽，「我追著你問了好久。」

遲曜的記憶順著她說的話，回到小時候。

他一個人在家慣了，所有節假日和生日都是一個人在家過。

那時候孩童幼稚的自尊心，讓他漸漸開始排斥抗拒這些日期。

從得不到，轉變成我不需要。

——我不需要過這些節假日，我也不需要過生日。

所以當林折夏第一次和他聊到「生日」的時候，他冷著臉，並沒有回答她的話。

「我生日快到了，你生日是什麼時候呀？」

「你怎麼不說話。」

「……」

那時候的林折夏纏著他說了一堆話，最後一句是：「你告訴我，我到時候可以幫你過生日。」

他壓下想趕她出去的心思，遲緩地問：「為什麼要幫我過生日？」

「因為我們是朋友啊。」

從那天開始，那些原本一個人過的節日裡，多了另一個人的身影。

那個人會精心準備禮物給他，認認真真地為他寫下各式各樣的生日心願：生日快樂，希望你明年就不用再吃藥啦。

希望你身體健康。

去年的心願上帝可能沒有聽見，今年再許一次，希望你不要再進醫院了。

還有十八歲那年的那句：祝你心想事成，每天開心。希望你今後在做任何事情的時候，都有用不完的勇氣。

最後，林折夏一句話把他從回憶裡拉出來：「好了，我們一起許願，快閉眼。」

她說著，迫不及待地閉上眼，雙手合十。

但是今年的心願有點難許，可能是因為有遲曜在她身邊，所以她好像沒有別的心願了。

她正絞盡腦汁地想要許什麼願望，就在這幾秒間，猝不及防地，唇上傳來溫熱又熟悉的觸覺，她反應慢半拍地睜開眼，看見遲曜近在咫尺的臉。

少年一隻手撐在餐桌上，整個人俯身向她，越過餐桌，在燭光和許願的幾秒裡吻了她。

心跳突然加快。

思緒混亂中，她抓住最後一絲清明，許下一個心願：不管前路還有多漫長，希望他們能永遠一直並肩走下去。

過了幾秒，遲曜鬆開她，提醒：「吹蠟燭。」

林折夏在吹蠟燭之前，隨口問了一句：「你剛才許了什麼心願啊？」

她以為遲曜會故作神祕，拒絕回答她的問題。

然而迎著微弱的燭光，遲曜說：「妳不用長大。」

「……啊？」

「在我身邊，妳不用長大，不用變成出了問題需要自己消化的『大人』，也不需要遵循成年人的規則，」他的聲音依舊冷倦中帶著只有她能聽見的、獨屬於她的溫柔，「不管是二十歲，還是三十歲，妳可以永遠做那個不長大的林折夏。」

「這是我今年的願望。」

林折夏在遲曜的瞳孔中看見了自己，還有搖曳的，像落在人間的星光似的燭光。

明明今年是他們的二十歲生日。

明明，應該變得更成熟才是。

她想到遲曜帶她堵人的那天。

她想起來那天最後，周彤手足無措地向她道了歉。

在長大的過程裡，她會生出無數種丟失勇氣的時刻。

但好像每一次，遲曜都會幫她找回來。

只要在他身邊，她可以在這個不斷催人長大的世界裡，做那個不長大的林折夏。

七月，正值盛夏。

教學大樓外綠蔭環繞，整個大學城被陽光所籠罩，學生頂著年輕朝氣的面龐，騎著自行車穿梭在校園裡。漣大校園裡有條路上栽滿了繡球花，藍綠色的繡球頂著烈日盛開。

到了學期末，林折夏忙著準備期末考試。

老師幫他們圈了很多重點，期末大部分時間，她都和遲曜在自習室裡寫題。

「好難背，」她寫到一半，趴在課本上，「不想考了。」

說完，她又問：「你們系期末考試難嗎？」

她其實是想讓遲曜安慰她一下：「畢竟是王牌科系，分數線那麼高，期末考肯定很難吧。」

然而她忘了遲曜和她根本不是一個世界的人：「隨便翻翻書就行。」

「……」

「你不能這樣回答我，」林折夏動用身分特權，「我是你女朋友，你要順著我。」

遲曜指間夾著筆，黑色水性筆在他分明的手指間不經意轉過半圈，然後他說：「很難。」

林折夏：「有多難？」

遲曜往後靠了下：「我都怕我不及格。」

林折夏道：「別擔心，雖然你不像我這麼聰明，但是及格應該還是沒有太大問題的。」

遲曜下巴微揚：「謝謝妳的鼓勵。」

林折夏：「不客氣。」

「戲演完了嗎，」遲曜鬆開筆，伸手到她面前，指尖夾著兩頁紙，輕飄飄地把在她面前停了快半小時的那頁翻過去，「演完就接著背。」

「……」

這學期還發生了一件事。

遲寒山資金回籠後，計畫把南巷街那間房買回來。

『我和你媽想了想，既然你還是打算留在漣雲發展，還是需要住的地方。』某天打電話時，遲寒山跟遲曜商量：『既然我和你媽都留在京市，你一個人在漣雲住著我們也更放心點。』

『只是交易週期才剛滿兩年，人家也不一定願意出售，不過我和你媽也找了同社區的其他房源……』

遲曜只說：「不用勉強，房子的事情以後我自己也能想辦法。」

遲寒山在電話裡說：『不勉強不勉強，我和你媽現在手上現金流還算寬裕。』

巧的是那戶人家男主人恰好工作變動，一家人正打算換個城市生活，手續交接得很快。

遲曜把這件事告訴林折夏之後，林折夏比他本人還高興。

她沒有想過那間房子還能買回來，她和遲曜又可以像以前一樣互相串門子：「真的嗎？那我媽念我的時候，我又能去你那避一避了。」

「不是我那。」

遲曜糾正她，「現在那也是妳家。」

林折夏「哦」了一聲，又後知後覺地問：「那你說以後自己也能想辦法是什麼意思啊，你原本也想過要把房子買回來嗎？」

「本來計畫等工作之後賺錢，」遲曜隨口說：「只不過那樣，得辛苦我女朋友多等幾年了。」

林折夏固有印象太深。

以前她和遲曜各自住在自己家裡，一下很難聯想需要她多等幾年的原因。

雖然她沒開口問，但以遲曜對她的了解，不用想都知道她沒反應過來：「知道女朋友的同義詞嗎。」

「啊？」

「是未來老婆。」

兩人還在往前走，這條路不斷延伸到校外，看起來漫長且沒有邊際，但是道路兩旁綠蔭如蓋，夏天熱烈的陽光從縫隙間穿過，遲曜牽著她繼續說：「之後我們大概會留在漣雲工作，荷姨應該也不希望妳跑太遠，所以得考慮一下婚房的問題。」

林折夏愣了很久。

她不知道遲曜還有這樣的打算。

原來，她早就被無比珍重地放進了他的未來裡。

等她回過神，有點不好意思，小聲說：「你都還沒求婚，我還沒說要嫁給你，怎麼就婚房了。」

遲曜眉眼微動：「妳想對我始亂終棄？」

林折夏：「……也不是這個意思。」

放暑假當天，她、遲曜，還有何陽一起坐車回南巷街。

三人約好在大學城車站碰面。

何陽起初在電話裡哼了一聲，故意說：『我不想去當電燈泡，我要一個人回去。』

當時林折夏已經收拾好行李，拖著行李箱在遲曜租的房子裡等他。

手機開著擴音，於是何陽聽見他那兩位青梅竹馬無情的聲音。

遲曜和林折夏異口同聲：「哦。」

何陽：『不是——你們不應該挽留我一下嗎？！哄我，安慰我，告訴我我在你們心裡還是很有地位的，你們還是很需要一位像我這樣的朋友——』

林折夏想了想：「說實話，其實也不是那麼需要。」

遲曜更是想都沒想：「你很重要嗎。」

何陽：『……』

林折夏：「那你自己搭計程車，我們已經收拾好東西，等等直接從公寓走，就不去車站了。」

何陽拖著行李箱，急急忙忙往校外趕：『等等我啊，我說著玩的，你們真叫車了啊？是不是兄弟了，是兄弟就等等我！不哄我就算了！你們要等我！！！』

最後遲曜叫了輛計程車。

何陽氣鼓鼓地坐在前面，林折夏和他坐在後座。

林折夏打圓場：「大壯，別生氣了。」

何陽：「別喊我，我不過是一個局外人罷了。」

「……」

不過他們幾個從小到大的交情，不出十分鐘，何陽就自己恢復了狀態：「房子買回來了？家裡也收拾好了嗎，那我假期可以住你那了。」

遲曜只扔給他三個字：「不方便。」

何陽：「這有什麼不方便的。」

遲曜：「有女朋友了，不方便。」

「……」

司機靠邊停下吧，他想下車。

林折夏坐在後排，一邊聽他們小學生鬥嘴，一邊傳訊息給林荷。

『媽，我上車了。』

林荷的訊息回得很快：『帶鑰匙了吧？』

『帶了。』

『妳和魏叔叔不在家嗎？』

林荷：『忘了跟妳說，我們在外面旅遊呢，還沒回來。』

『小荷，我看妳是忘了我這個女兒吧。』

林荷：『妳又不在家。』

林荷：『確實是有點忘了。』

林折夏：『……』

林荷：『妳別說，妳剛去漣大那時，我晚上確實都睡不著，妳不在家的時候不習慣。但是人的適應能力很強，現在我覺得妳不在家真清淨。』

遲曜注意到她臉色不斷變化，問她：「怎麼了？」

「我媽和魏叔叔不在家，」林折夏轉述，「他們已經忘了我。」

遲曜抬手拍了下她的頭頂：「我陪妳。」

林折夏起初沒覺得不對勁。

畢竟「我陪你」這三個字，是再簡單不過的情話了，然而等他們下了車，各自回到家，林折夏收拾了一下房間，林荷不在家，她只能自己換床單被套。忙活半天之後，她洗了個澡，正準備關燈睡覺，門鈴被人按響。

林折夏穿著睡衣去開門：「你怎麼來了。」

遲曜：「陪妳。」

林折夏身上那件睡衣很單薄，白色，棉質睡衣。遲曜對這件衣服印象很深，她以前夏天常穿。

「我都要睡了。」她放他進屋後說。

遲曜熟門熟路地往她房間方向走：「陪妳睡覺也一樣。」

原本靜謐的氣氛，因為這句話一下變得無比曖昧。

遲曜也剛在家裡洗過澡，他額前的頭髮還沒完全乾透，少年整個人比她高出一截，林折夏只能稍仰起頭看他。她清楚地看到遲曜變暗的眼神，泛著銀色光澤的耳釘。

少年過白的膚色被黑色T恤襯得更加醒目，或許是因為坦誠相見過，林折夏目光下移，在觸及到腰腹位置的時候，眼裡明明看見的是衣物，腦海裡卻自動浮現出熟悉的腹肌輪廓。

此時兩人正面對面，站在她臥室裡。

這個地點對她來說，比其他任何地方都更隱祕。

因為這間臥室，是她從小住到大最熟悉的地方。

有太多她成長中的身影和記憶。

書桌是她以前每天都用的，書櫃裡藏著許願卡，藏著高中時那張「情侶照」，旁邊的衣櫃裡，妥善存放著高中時候他織的那條圍巾。

可也正因為這樣，所以在遲曜的吻落下的時候，她的心跳比以往任何時候都更劇烈。

窗外，蟬鳴聲透過窗戶傳進來。

唇上的觸覺強烈得像白日裡的烈陽，她嘴唇時不時地被他齧咬著，掀起一陣細密的顫慄。林折夏整個人很輕地發著抖，支撐不住似的，任由這個吻越壓越深。

她唯一的支撐點只有身後那張書桌，後腰緊緊抵著書桌邊緣。

遲曜似乎察覺到她快支撐不住了，於是一隻手繞到她腰後，輕鬆將她攬起來。

這個吻持續了很長時間。從書桌，一路延續到那張她再熟悉不過的床上。

「挺巧。」

遲曜一隻手撐著床，說話時頭往後微微抬起，拉開微弱距離時說。

林折夏整個腦子都是暈的，像是缺了氧，只能愣愣地問他：「……巧什麼？」

「床單和被子，」遲曜說：「和那天我偷親妳的時候一樣。」

林折夏垂下眼。

她夏天的被套一共就兩套，今天換上的這套確實是她以前最常用的。

被他這麼一說，她躺在床上，彷彿回想起遲曜走的那天，她發著燒躺在這裡的感受。

很奇妙的是，他們現在，真的在這裡接了吻。

只是接吻很容易走火，事態逐漸失控，林折夏忍不住用手推了他一下，提醒：「家裡沒有……那個。」

遲曜自然也清楚。

他原本就沒打算做到最後，於是停下動作，抱著她緩了一下。

最後少年把她攬在懷裡，在她額頭上落下一吻。

林折夏感受到黑暗裡，羽毛般的觸覺，問：「你當初，也是這樣親我的嗎。就是你走的那天。」

說完，她感受到抱著她的人胸腔輕微震動，「嗯」了一聲。

然後遲曜又低下頭，在她耳邊說：「晚安。」

這個假期，遲曜只在她家留宿了一晚。

次日，林荷和魏平旅遊結束，傍晚到家。

魏平頭上戴著一頂花花綠綠的沙灘帽，兩人一看就是去海邊度假剛回來：「夏夏，要不要喝椰汁？叔叔幫妳開一個。」

「你們是去海邊了嗎，」林折夏到門口迎接他們，「椰子那麼重，也不用帶三個給我吧。」

魏平打開行李箱，笨重的行李箱裡裝著三個椰子。

他把椰子一個一個拿出來說：「妳一個，遲曜一個，何陽一個。」

「……」

林荷在魏平之後進屋，她穿了件度假風的長裙，一回家就忍不住挑刺：「妳看看，妳把客廳弄成什麼樣，我走的時候還整整齊齊的，妳這堆零食能不能收一收？」

她說著，一路巡視到廚房：「煮碗麵也不知道把鍋洗了，要我說妳多少遍。」

如果是以前，林折夏一定會覺得林荷很煩人。

可是離家太久，連這些嘮叨和數落都變得溫情起來。

在學校裡嘗試著獨當一面的大學生，回到家又變成了以前的那個「小孩」。

林折夏捧著剛開好的椰子解釋：「我正準備洗，你們就剛好回來了。」

林荷看了眼時間，對她不能更了解：「現在已經七點半了。」

「林折夏同學，妳告訴我，妳這個準備，是準備了多久？」

林折夏老老實實回答：「一個多小時。」

「……」

林荷回來之後，她在家裡的日子不好過了起來。

外面的天氣也越來越熱，八月份，太陽晒得人不敢往外面跑。

像以前無數個假期那樣，她癱在遲曜家的沙發上，抱著冰西瓜，一邊用湯匙挖著吃，一邊追暑期電視連續劇。

遲曜坐在她身邊。

其他青梅竹馬聚在另一邊的沙發上，有的在打電玩，有的在聊天，整個客廳看起來一團亂。

「曜哥，夏哥——撲克牌，打不打？」有人揚聲問。

林折夏挖下一塊西瓜，頭也不回：「不打。」

遲曜：「婦唱夫隨。」

「……」

電視劇還是老套又狗血，林折夏一邊跟他吐槽劇情，一邊往嘴裡塞西瓜。

遲曜問她：「甜不甜。」

林折夏點點頭，順手餵了他一塊。

電視很快進入一段廣告。

遲曜在這段廣告間隙，被其他青梅竹馬硬拉著去打了兩局撲克牌。

林折夏從電視裡抬起頭，環顧四周，遲曜家的陳設已經恢復成原來的模樣。一群少年圍坐在一起，被圍在中間的那個人漫不經心地出著牌，偶爾其他人說了什麼，他很輕地扯一下嘴角跟著笑。

電視裡，廣告的聲音鬧哄哄地傳出來，和他們的說話聲交雜在一起——

她手裡的西瓜很冰，驅散夏季的浮躁和炎熱，有一種冒著絲絲涼意的治癒感。

和以前無數個夏天一樣。

好像一切本該如此，從沒有變動過。

假期中途，林折夏見了以前的朋友。

陳琳和唐書萱換了髮型，看起來更顯青春活潑。

幾個人聊起以前的事情，已經可以當作玩笑，互相揶揄：「我當初居然還跟妳要過遲曜的聯絡方式，被狠狠拒絕的那個晚上，我心情特別複雜。」

「妳以前還暗戀過那個學長。」

「妳以前還在論壇衝鋒陷陣呢，隔壁學校找人來堵妳。」

「……」

在她和陳琳她們聚餐的那天，遲曜也和徐庭見了一面，徐庭大學學法醫，不過整個人還是以前那樣，看起來「挺不可靠」。

林折夏坐在餐廳裡，正和她們聊著，手機震動了下。

是遲曜傳過來的一張照片。

男朋友：『（照片）。』

照片上，徐庭很誇張地比了個「耶」。

男朋友：『他說要跟妳打個招呼。』

林折夏笑了下回覆：『謝謝。收到了。』

這天回到家，林荷問她聚餐的情況，林折夏說：「挺好的，唐書萱在打暑期工，陳琳也在做家教，對了，唐書萱也談戀愛了，男朋友是跟她同系的男生，兩個人感情狀態不錯。」

林荷：「看看人家，再看看妳。」

林折夏知道她的意思是說別人都在積極上進地打工賺錢，她承認自己這個假期是懶了點，於是說：「我本來也有找工作的，但是最後沒找到合適的，我回頭再看看。」

「而且，」她又慢吞吞地說：「我也有男朋友，起碼在談戀愛這塊沒輸。」

林荷：「……」

說著要找「暑期工作」的林折夏找了幾天，工作暫時沒找到，青梅竹馬群組裡倒是又安排了新活動。

『南巷街小分隊』。

大壯：『明天去不去集市玩射擊？』

大壯：『一等獎遊戲機一臺，二等獎藍牙耳機一副，三等獎沒什麼用，一個玩偶，但是這個沒什麼用的玩偶可以給夏哥玩玩。』

林折夏：『……？』

什麼叫沒用的給她。

他們經常會在群組裡安排各式各樣的活動。

一個很無聊且幼稚的提議，一經發出，立刻得到熱烈回應。

『好！』

『算我一個。』

『我也去我也去。』

『讓你們看看什麼叫神槍手。』

於是大家約好明天下午去集市玩射擊。

大壯：『@林折夏，夏哥去不去？』

林折夏打字：『射擊是不是有點太幼稚了。』下一秒，她又迫不及待傳過去兩個字：

『幾點？』

次日晌午，林折夏吃過飯，想偷偷從冰箱裡順一根冰棒，被林荷明令禁止：「妳昨天吃太多了，今天別吃了。」

林折夏不情不願地關上冰箱門：「哦。」

但她沒有放棄，一邊在門口等電梯，一邊傳訊息給遲曜。

『你家有沒有冰棒？』

『有的話出來的時候偷偷帶一根給我？』

『算了，我自己去買吧，不要告訴我媽，你有沒有什麼想吃的？』

遲曜應該在忙，抽空回覆她一個字：『水。』

接近下午一點，林折夏坐在遲曜家公寓門口等他下樓跟自己會合。

天氣真的很熱，乾燥的風捲著熱氣撲面而來。

她像第一天來到南巷街那樣，坐在他家公寓門口，手裡拎著瓶冒涼意的冰汽水，嘴裡咬著根老式冰棒。

等了約莫五六分鐘，身後的公寓門突然傳來「喖嗟」一聲。

某一瞬間，林折夏幾乎要以為這一聲熟悉的「喖嗟」好像來自多年前。

同樣的聲音穿過無聲且漫長的歲月，和現在重合。

她略帶遲緩地回過頭。

少年逆著強光，眉眼很深，樣貌極其惹眼，下巴削瘦，透著一種從骨子裡浸出來的傲氣和肆意。以近乎刺眼的模樣闖進她的視野裡。

他接過那瓶冒著冷氣的汽水，隨手擰開時說：「走了，女朋友。」

林折夏頓了下，才跟上他。

嘴裡的冰棒很涼，頭頂的太陽很晒。

南巷街街牌在不遠處屹立著。

林折夏腦海裡閃過很多個關於夏天的瑣碎片段，故事好像總是容易發生在這個季節，她最後想到的是曾經兩人那份一度只有自己知道的暗戀和心動。

在每個他追逐過她的時刻裡，她也在追逐那個夏天。

那個有彼此存在的夏天。

永遠熱烈，永不落幕。

——《逐夏》正文完——

番外一　未來

大學四年時間，說長不長，說短也不短。

轉眼來到畢業季。

學校裡各家物流公司辦起畢業季寄大件行李的活動。

藍小雪一大早就在寢室裡喊：「今天寄件的價格好像又更便宜了一點，妳們東西都打包好了嗎？」

「我跟隔壁寢室借了一輛拖車，可以幫妳們一起拉過去。」

秦蕾在收拾床鋪，原本鋪得亂糟糟的床位一下空了，只剩下光禿禿的床板：「我剛收拾完，妳拖車在哪？」

藍小雪：「門口。」

她說完，又看向林折夏，隨口說：「妳東西好少。」

林折夏看了自己收拾出來的紙箱一眼，比起她們，確實少了一半。

不過那是因為這四年間，很多東西都不知不覺地挪到了遲曜家裡。

和高中的時候一樣，她和遲曜還是在彼此的陪伴下度過了人生的新階段。

「快畢業了，」下午，林折夏和遲曜並肩走在校園裡，難免有些感傷，「我室友們最近都在往家裡寄東西。」

四年過去，時間在遲曜身上似乎沒有留下太多痕跡。

他還是和剛入學時那樣，骨骼削瘦，穿了件T恤，整個人看起來很隨性的樣子，那隻牽著她的手，手腕上戴著黑色髮圈。

只不過這條黑色髮圈已經不是原來那條。

之前那條戴久了，變得很舊，林折夏就幫他換了一條。

換的那天，這人還很不情願：「還能再戴。」

林折夏：「可是很舊了……反正都是我的髮圈，換一條也是一樣的。」

四年過去，他還是喜歡牽著她走，好像不牽手就不能走路。

聽見她略帶感傷的話，他接了一句：「這幾天去我那住。」

林折夏：「……去你那幹嘛？」

遲曜：「眼不見為淨。她們搬她們的，妳看不見就行了。」

「你還是那麼會說話，」林折夏真心實意地說：「四年可以改變很多東西，但是改變不了你這張嘴。」

說話間，兩人走出去一段，很湊巧地，剛好走到當初兩人確認關係的那條路上。

那天壞過的路燈靜靜豎立在道路兩旁。

遲曜忽然說：「開玩笑的。」

「她們走了，」他說：「不是還有我。」

林折夏本來確實沉浸在離別的悲傷裡。

看著寢室一點點搬空，原本朝夕相處的人一個個收到來自各地的公司 offer，很快就要各奔東西。

但是遲曜的話把她從那種悲傷裡拉了出來。

不管這個世界怎麼變幻，總有一樣東西是不會變的。

遲曜抓緊那隻牽她的手說：「我永遠都在。」

畢業前遲曜就已經提前一年加入了一個公司專案組，每個月會發薪水的那種。

林折夏問過一嘴，得到的回覆是：「給的太多了。」

「……」

「沒有想到。」

遲曜一隻手插在褲子口袋裡：「沒想到什麼。」

她慢慢地說：「沒想到你是那麼現實的人。」

工作後，遲曜變得忙碌起來，兩個人相處的時間減少很多。

林折夏自己也要忙找工作和準備實習的事情，不過她很幸運，林荷和魏平沒有給過她什麼壓力。

『不用考慮太多，找自己喜歡的工作就行了，知道嗎？』

『我和妳魏叔叔又不用妳養，妳養活自己我就心滿意足了。』

林折夏對著履歷發愁：「養活自己也挺難的。」

她嘆口氣，開玩笑問，「小荷，家裡存款有多少，我可以啃老嗎？」

林荷直接掛了電話。

最後她找了一個出版社翻譯工作，工作環境簡單，專業也對口，打算先嘗試一下。

面試那天，遲曜推了工作陪她一起去。

進去之前，林折夏很緊張：「萬一我面試失敗怎麼辦。」

遲曜：「不會。」

林折夏：「你怎麼知道不會。」

「我不知道，」他坦然地說：「出於安慰只能這麼說。」

「……」

這個人，很善於用激怒她的方式來平息她的緊張。林折夏好勝心被徹底激發：「我這份履歷可是被老師誇過的，等等面試官肯定對我讚不絕口，你等著吧。」

遲曜嘴角輕微上揚：「嗯，我等著。」

最後面試很成功，林折夏讓他請了一杯飲料慶祝。

她想到剛才面試官嚴肅的表情，有點後怕：「我剛才要是面試不通過怎麼辦？」

她以為遲曜會說「我會狠狠地無情嘲笑妳」。

然而遲曜卻說：「不是還有我。」

「……」他像以前那樣輕拍了下她的腦袋，「我工作養妳。」

雖然很感動，但林折夏還是說：「我也可以努力工作，以後養你的，如果你哪天覺得累了，想休息的時候，你就休息。」

比起她的不好意思，遲曜倒是很好意思：「包養我啊？」

林折夏點了點頭。

遲曜：「我很貴，一般人養不起。」

林折夏不點頭了，試圖翻白眼。

遲曜話鋒一轉：「不過如果那個人是妳的話，我倒貼。」

「倒貼，」她算不清這筆帳了，「那到底算誰養誰。」

「算妳包養我。」

他說：「我付費，讓妳包養我。」

「那就不能算包養了。」

「算。」

「不算。」

「我說算就算。」

「……」

這段幼稚的對話很快結束，但是平息了林折夏對未來未知的惶恐。

在畢業前兩三個月，她也開始提前實習。

所幸出版社分配給她的工作地點離學校很近，她每天完成工作之後還能回學校實習期，什麼事都不順。

有太多需要學的東西，更要花時間熟悉工作流程。

在她差不多適應工作節奏之後，畢業那天，漣大為他們這屆畢業生舉辦了一場非常隆重的畢業典禮。

「等等好像還有優秀畢業生上臺演講，」藍小雪拉著她一起去學校禮堂，「妳哥哥會不會上臺啊？」

林折夏：「他沒跟我說，應該不會吧，他不太喜歡這種場合。」

如果遲曜上臺的話，肯定會提前告訴她的，但是這幾天這個人一直很神祕。

而且，他並不喜歡上臺發言。

所以她全程坐在臺下，一邊走神一邊聽學校高層發言，時不時偷偷拿出手機傳幾則訊息給遲曜。

但很快，傳著傳著她察覺不對勁。

『你為什麼不回我？』

『是愛淡了嗎？』

『是嫌我煩了嗎？』

『終於，我和你還是走到了這一步……』

林折夏傳完最後一句話，臺上主持人正好開始說：「下面有請我校優秀畢業生上臺——」

林折夏抬起頭，一眼看見那個出現在舞臺中央的人影。

他彷彿還是剛入學那樣，一出現，就吸引無數人的視線。舞臺上方的燈光直直地打下來，照得他整個人都在發光。

林折夏的位子有點遠，她遙遙地看著遲曜抬手扶了一下麥克風，一隻手撐在講臺邊沿，還沒說話，目光先在臺下掃了一圈：「先說點客套話，這幾年在漣大念書，收穫良多。」

一開始，他的發言和其他人沒什麼不同，但是幾分鐘後，他不再去瞥手裡那張稿子，而是看向臺下。

「……另外，我想借用大家幾分鐘時間，做一件對我來說很重要的事情——向我女朋友求個婚。」

林折夏忽地愣住。

然後她像是在看慢鏡頭重播似的，看著遲曜拿出一個黑色絨面戒指盒，打開盒子，裡面躺著一枚鑽戒。

某種心靈感應告訴她，這個戒指應該是他工作一年存錢買的。

「訂婚戒指，」遲曜在一片喧嘩裡說：「先湊合戴著，等之後再幫妳換個更好的。所以妳願意嫁給我嗎，林折夏同學。」

臺下明明有很多人，但這些人和那些聲音都在逐漸褪去。

她在不斷增速的心跳中，想起當初遲曜去工作時，他們說過的一番對話。

——你為什麼提前那麼久去工作啊？

——給的錢多。

原來從那個時候開始，他就在計畫這件事了。

她還想到很多和「求婚」無關的事。

他們一起參加過兩次畢業典禮。

小學的時候，遲曜在班裡像個「局外人」，因為不常來上課，和班裡其他同學都不熟，還不如她這個轉學生混得好。畢業典禮那天，她怕遲曜一個人太孤單，沒有參與感，那天拿出自己的零用錢，去花店買了一小束花。

她抱著花，把花遞給他：「畢業快樂！」

到了國中，她成了那個「孤身一人」的，由於在女校沒有交到很合拍的朋友，畢業那天，她有點提不起勁。

但那天遲曜叫她去校門口。

「出來一趟。」

當時她們班班導師正在安排同學們拍照，她握著手機，茫然四顧：「出去，去哪？」

「校門口。」

趁畢業照還沒開始拍，她一路跑到校門口，看到學校緊閉的鐵門外站了一個人。

這個人隔著半人高的鐵柵欄，把畢業禮物遞給她。

「你們學校今天應該也在舉行畢業典禮吧，」林折夏捧著禮品袋問他，「你不用去嗎？」

當時遲曜騙她說：「年級第一有特權。」

「……」

這些記憶碎片被整合起來，跨越漫長的時間，一路蹁躚到如今。

「我願意，」麥克風被人從講臺處一路往後傳，傳了一下，精準地傳到她手裡，她聽見自己的聲音響徹在禮堂內，她又補了一句，「當然願意。」

番外二 遲曜視角

「又請假啊。」

年輕的女教師拿著一張病假單，在簽之前說。

辦公室裡學生很多，低年級學生，個子都很矮，一臉天真爛漫。

但站在她桌前靜靜等待她簽名的這個男孩子不同，大夏天，他穿了件外套，皮膚透著某種不見天日的蒼白，整個人包裹在寬大的黑色外套裡，看起來極難接近。

女教師在病假單上簽了自己的名字，遞給他時問：「怎麼總是你自己來請病假，你爸爸媽媽呢？」

男孩子的手從衣袖裡伸出來，細長的手指抓住那張紙。

在女教師以為他不會回答的時候，他說：「他們出差了。」

從辦公室出去之後，他低下頭去看手裡那張單子。

病假單。

學生姓名：遲曜。

他額頭發燙，但剛才還是強行讓自己站得筆直。

他一路強撐著，收拾好書包，走到校門口搭計程車，在醫院門口下車。醫院有醫護人員記得他，也多少知道他的事情，於是特地蹲下身，遞給他一顆糖：「這是給堅強的小朋友的禮物。」

遲曜想說，他已經不小了，也不喜歡聽這種鬼話。

他的生活裡，沒有收到過什麼禮物。

但面對護士的好意，他還是說了句「謝謝」。

他在醫院大廳坐著，等遲寒山請的看護過來，然後在看護的陪同下，辦理住院，打好點滴，這才支撐不住沉沉睡去。

睡過去之前，他隱約聽見有醫生在說：「度數燒得這麼高了——怎麼這麼不當心，應該早點送過來的。」

像往常一樣，打了兩天點滴之後，他回了家。

開燈，整個房間空蕩蕩的。

他早已經習慣這份空蕩，一個人收拾好家裡的東西，想起來遙控器電池沒電了，於是帶上零錢出了門。

但這一天，和以往的任何一天都不同。

——因為在他推開公寓門的時候，看見門口坐了一個人。

年紀和他差不多大，瘦弱，眼神有些尖銳。聽聲音是個女孩子，身上又帶著幾分男孩子氣。

然後他做了人生中最幼稚的事——和這個陌生女孩吵架。

「打一架吧。」那女孩最後說。

「明天中午十二點，我在這裡等你，不來的是小狗。」

神經病。

他越過她，走出公寓，並沒有把這兩句話放在心上。

後來他才知道，她是新搬來的，就住在對面公寓。

只是這和他似乎沒什麼關係，他的病沒好透，颱風過境，又住了院。那個略顯荒唐的約定被他徹底拋之腦後。

然而命運的齒輪悄然轉動，這個本來應該和他不再有任何交集的女孩子在球場附近替他擋下那一球之後，突然闖進了他的生命裡。

她經常出現在醫院病房裡。

坐在他床位旁邊的椅子上，嘴裡說個不停。

「遲曜，你沒去上課，今天老師講了第三章，有點難，你看過書預習過沒有，要是不太懂的話，我再跟你講一遍。」

「不過不是免費的，收你三聲大哥。」

「我準備好了，你可以喊大哥了。」

「……」

他的家裡，也經常出現第二個人的身影。

女孩子盤腿坐在沙發上：「你買點零食吧。」

他冷冷地說：「我不吃零食。」

「我知道，」她說：「是我想吃，你上次買的我已經吃完了，建議你再買點。」

「……」

小學的他和林折夏，出奇的幼稚。

每天恨不得吵八百次架，碰見什麼都能互不相讓地吵起來。只有在何陽的問題上，他們一直很一致對外。

國中之後，男女意識萌芽。

在某一天，他忽然發現一切都和往常一樣，但一切都不一樣了。

林折夏雖然一直都很瘦，但上了國中之後明顯迎來發育期。週末，她還是時常在他家待著，只是某天兩人為了看哪個臺而爭搶遙控器的時候，她伸長著手，往他那個方向探：「你想看的那個節目真的很無聊。」

遲曜也高舉著手，沒把遙控器給她，兩人的身高差在國中已經展現明顯：「妳以為妳的卡通就很有意思嗎。」

林折夏最後有點急了，結果遙控器沒搶到，整個人撲進他懷裡。

他忽地愣住，感受到一片，前所未有的，似有若無的柔軟。

林折夏身上穿著的，是那套入學時她嫌棄過的粉白色校服。

他手裡的東西被她拿走，但他根本沒有心思去管什麼遙控器，他的手指在虛空裡無端繃緊了些，垂下眼，看向的是女孩子尖尖的小狐狸似的下巴，還有……從單薄的校服裡隱約透出來的小背心。

國中，他不再是學校裡那個經常請病假的透明人。

開學沒兩天，經常會有其他班級的女生在他們班門口亂轉。

何陽經常會咂嘴說：「又來看你了。」

「哎，」他話音一轉，「那麼多女生，你就沒一個喜歡的？這裡面還有隔壁班班花呢，搞不懂你，你到底喜歡什麼樣的啊？」

遲曜把「喜歡」這個詞放在嘴邊嚼了嚼。

但他當時沒能繼續想下去，他對「喜歡」的概念，還不是特別明確。

他忙著收拾東西，然後單肩背著包，從後門繞了出去。

何陽：「你這就走了？還沒到放學時間呢，等等老師過來點人，我可不幫你掩蓋。」

遲曜只說：「車快到站了，等放學再過去可能來不及。」

何陽一頭霧水：「什麼車？」

去女校的車。

那個開學前哭鼻子的林折夏，如果放學的時候一個人孤零零從學校裡走出來，應該又該哭了吧。

他提前坐車過去，趕到的時候，正好是放學時間，那所陌生的學校校門剛開。

他無意識拽了下書包，裝作不經意，恰巧經過的樣子。

又一個週末。

南巷街這幫人聚在他家裡。

何陽提議：「玩不玩卡牌遊戲？這套卡最近在學校裡很紅，就是每個人都會被分配到一個數字，然後數字對應的人按照卡牌做任務。」

第一局，他抽到的數字是五。

何陽念手裡的卡牌任務：「五號和七號……嗯……牽手一分鐘。」

「這個簡單啊，」他捏著牌，吐槽，「誰是五號，誰是七號？」

他是五。

至於七號，身邊的林折夏慢慢地舉了手。

她亮出手裡的牌：「我是七號。」

在得知她是七號的那一瞬間，他的心跳忽然間失衡，很輕地飄上雲端，再很重地回落下來。

原本乾燥的掌心溫度無端上升，他有種難言的克制和衝動。

這個任務對他來說一點也不簡單。

林折夏顯然沒想那麼多，她主動伸出手：「來吧，抓住大哥的手。」

他遲遲沒有把手放上去。

林折夏還嫌他拖泥帶水：「……快點，就一分鐘而已。」

扣住她手的那一刻，細微的電流彷彿在指尖流竄。

掌心裡，女孩子的手比他小一圈，指節細軟，指腹的肉捏起來軟綿綿的。

他抬起眼，撞進林折夏那雙清亮的眼睛裡，回想起何陽之前那句「你到底喜歡什麼樣的」。

他「喜歡」的樣子，在這一刻有了答案。

他喜歡林折夏。

可能，已經喜歡很久了。

因為怕她再被人欺負，所以他開始鍛鍊。

怕她一個人孤零零上學，所以他選擇留在城安區。

怕她打雷睡不著覺，所以他很在意每個雷雨天。

怕她會覺得尷尬，也怕失去她，所以他的這份「喜歡」不能被發現。

但是，誰也沒有想到的是，原本會繼續下去的生活被倉皇打破。

京市是一個陌生的城市。

這裡的空氣乾燥而冷漠，和漣雲常年濕潤的氣候大相徑庭。

工業感充斥著整座城市。

他轉去的學校也是一所升學高中，轉學第一天，他的名字被人在校內傳遍。有女生鼓起勇氣攔下他，話還沒從嘴裡說出來，被他先行打斷：「我有喜歡的人。喜歡了很久。喜歡到，這輩子不可能再喜歡上別人。」

京市對他來說唯一的優點，可能是以前在城安不能說出口的話，在這裡可以肆無忌憚地說出來。

比起忙碌的課業，和往返醫院的奔波，和林折夏逐漸減少的溝通像是快要壓死他的最後一根稻草。

今天和平常一樣，兩人簡單說了幾句無關痛癢的話。

然後他坐在醫院長長的長廊上，看著「膽小鬼」這三個字的備註變成一串「正在輸入中」。

這個「正在輸入中」斷斷續續，出現又消失，持續了很久。

看起來好像在打一長串的話，但遲曜心裡的某種預感告訴他不是那樣。

果然。

最後靜靜出現在聊天畫面的是一個字：『哦。』

曾幾何時，他們之間也會沒有話說。

他手指倏地收緊了些，然後闔上眼，緩緩吐出一口氣。他走到醫院外面，從外套口袋裡拿出一盒菸，動作略顯生澀地低下頭，用打火機點上。

菸草味瀰漫開來，他卻感覺沒有得到任何緩解。

因為他還是，發了瘋地想見她。

過年之前，他買了一張回漣雲的火車票。但是那幾天瑣事纏身，他眼睜睜看著車票過期。

有時候，他會打電話給何陽。

想藉他的視角，多聽聽林折夏最近在做什麼。

比起直接和林折夏聊天，從何陽這裡聽說，似乎對兩人來說都更容易一些。

『她最近成績上升得可猛了。』

『本來以為你走了，我媽就找不到標竿來罵我了，沒想到我夏哥殺了出來——』

『你是不知道，她帶給我的暴擊有多痛，我媽天天一邊揍我一邊喊「你看看林折夏」。』

『你說夏哥是不是偷偷掌握了什麼念書方法，怎麼跟換了腦子一樣。』

「……」

除了念書，其中也摻雜一些其他事情。

『社區對面新開了家飲料店，夏哥一天能喝三杯。』

「什麼口味？」他問。

『燕麥牛乳吧，』何陽想了想說：『半糖，雙份燕麥。我都會背了。』

他抖了下指間的菸灰，在心裡默默記下。

儘管他根本沒有機會帶她去喝。

他抽完一根菸，等身上沾著的菸味散去，準備進醫院，就在他準備掛電話之前，何陽又說了句：『還有，夏哥居然被人表白了。』

他一下子愣在原地。

他和林折夏之間，好像越來越遠了。

但是在這個他幾乎快喘不過氣的瞬間裡，他又抓到一絲新鮮的空氣——他無意識摸到了那個隨身攜帶的、林折夏曾經給他的那個「幸運符」，他的手藏在上衣口袋裡，抓緊了它。這一點空氣讓他得以存活下來。

他想再見到她。

他一定要再見到她。

而且這一次見面之後，永遠永遠都不會再跟她分開。

帶著這樣的想法，他回到漣雲市，漣大新生報到後，他問她在哪，然後推開了酒吧的那扇門。

在五光十色的燈光下，他看到林折夏有點呆滯的臉。

女孩今天穿得很柔軟，和高中時候不同，頭髮披著，漸漸有了「大學生的模樣」。

他帶著無人知曉的緊張，有千言萬語想說，然而最後只叫了她一聲「膽小鬼」。

在那一刻，他想起很遙遠的一幕。

護士蹲下身遞給他那顆糖的那一幕。

那時候他想錯了。

他的生命裡，是有禮物的。

林折夏就是那份出現在他生命裡的禮物。

——《逐夏》全文完——

高寶書版集團
gobooks.com.tw

YH 204
逐夏（下）

作　　者　木瓜黃
封面繪圖　芊筆芯
封面設計　芊筆芯
責任編輯　楊宜臻
內頁排版　賴姵均
企　　劃　何嘉雯

發 行 人　朱凱蕾
出　　版　英屬維京群島商高寶國際有限公司台灣分公司
　　　　　Global Group Holdings, Ltd.
地　　址　台北市內湖區洲子街88號3樓
網　　址　gobooks.com.tw
電　　話　(02) 27992788
電　　郵　readers@gobooks.com.tw（讀者服務部）
傳　　真　出版部(02) 27990909　行銷部 (02) 27993088
郵政劃撥　19394552
戶　　名　英屬維京群島商高寶國際有限公司台灣分公司
發　　行　英屬維京群島商高寶國際有限公司台灣分公司
法律顧問　永然聯合法律事務所
初版日期　2025年06月

原著書名：《逐夏》由北京晉江原創網絡科技有限公司授權出版。

國家圖書館出版品預行編目(CIP)資料

逐夏 / 木瓜黃著. -- 初版. -- 臺北市：英屬維京群島商高寶國際有限公司臺灣分公司, 2025.06
冊；　公分. --

ISBN 978-626-402-255-2(上冊：平裝). --
ISBN 978-626-402-256-9(中冊：平裝). --
ISBN 978-626-402-257-6(下冊：平裝). --
ISBN 978-626-402-258-3(全套：平裝)

857.7　　114005750